大活字本シリーズ

小池真理子

千日のマリア《下》

埼玉福祉会

千日のマリア　下

装幀　関根利雄

目次

常_{とこ}
夜_よ

かんかんかんかん、と踏み切りの警報機が鳴り出したかと思うと、遮断機がゆっくりと降りてきた。古びた素朴な駅である。駅員の姿はなく、乗降客も修子《しゅうこ》ひとりだけだった。

誰もいないプラットホームに、晩秋の午後の光が弱々しく射していた。フェンスに沿って何メートルにもわたって密生しているのは、無数の枯れススキだった。

上り線路に青緑色の電車が見え、それは次第に近づいて来て、ホームでいったん停車し、まもなく再び走り出した。その間中、警報機はブリキの缶を叩くような音をたてて鳴り続けていた。

電車が通り過ぎ、遮断機が上がると、あたりは静まりかえった。上りホームに若いカップルの姿があった。今しがたの電車から降り立ったばかりのようだった。

都会から来て、このあたりを観光してまわっている様子だった。黒いコート姿の男が、女をホームに立たせてカメラを向けた。白いダウンジャケットにファーのついたショートブーツをはいた女は、長く伸ばした髪の毛をはらいのけ、華やかなネイルの塗られた両手でVサインを作った。

修子は、賑やかに会話を交わしながら踏み切りを渡ってくる彼らを背に、改札口に向かった。自動改札機はおろか、売店もなかった。空気がしんと冷たかった。

駅員室の窓から、初老の駅員が顔を覗《のぞ》かせた。修子が切符を差し出すと、駅員はそれを受け取りながら、親しみ深い声で「おかえりなさい」と言った。旅行客らしき人間が降りて来れば、そう声をかける決まりになっているようだった。

駅舎が仄暗《ほのぐら》いため、外の日溜まりが煌々《こうこう》と明るい照明に照らされた舞台のように見える。デニムに芥子《からし》色のジャケットを着た女が一人、光の中に立っていた。見覚えのある笑顔が修子に向かってお辞儀をしてきた。十五年ぶりに会う、かつての義姉、佐知子《さちこ》だった。

修子よりも八つ年上だから、今年五十八になった計算である。年齢相応の容貌になってはいたが、一年三百六十五日、誰に対してでも気遣いを怠らずにいるかのようなその笑顔は、昔と変わっていなかった。

「お久し振りです。何と申し上げたらいいのか……本当にこのたびは……」

修子が神妙にそう言って深々と一礼するのを、佐知子は片手を振りながら「いえいえ、修子さん、いいのよ、いいの」と言ってやわらかく制した。以前と変わらぬハスキーな声だった。「そんな堅苦しい挨拶、やめにしましょ。ね？　車、あっちに停めてあるの。駅前のこのロータリー、去年から駐車禁止になっちゃって。車なんかろくに通らないようなところなんだから、ちょっとくらい駐車してたっていいと思うんだけど。修子さん、お元気そう。ちっともお変わりなく。お仕事、お忙しいでしょうに、わざわざ来てくださってすみません」

こちらこそ、ご丁寧にお知らせくださってありがとうございます、と言いかけたのだが、最後まで聞かず、小柄な佐知子は修子を見上げながら、「いいお天気になってよかった。このへんは今が紅葉の見頃なんですよ」と言った。

ボブカットにした髪の毛はうすくなっており、ところどころ頭皮が透けて見えていた。駅前の表通りに、目立った商店はなかった。遠くに連なる山々は、燃えたつように赤く染まっていた。

「ほら、あれ。あそこに停まってるのが私の車。ちっちゃくて汚くて、乗り心地悪いと思うけど、ごめんなさいね」

佐知子は修子よりも先に、路肩に停めてある黄緑色の軽乗用車に駆け寄った。そして、助手席側のドアを大きく開けるなり、喪中の人とは思えないほどのさわやかな笑顔を修子に向けた。

佐知子の三つ年下の弟で、修子のかつての夫でもあった井上日出夫《いのうえひでお》が死んだ、という知らせがきたのは、三週間ほど前のことだった。故人の遺志により、身内だけで簡略に葬儀をすませたので、何もご心配なく……修子の勤務する新聞社に電話をかけてきた佐知子は、そう言った。

いったんは黙して受け入れたものの、気持ちがおさまらなかった。修子は翌々日、携帯から佐知子に電話をかけ、休暇をとってそちらに行くので、せめてお線香だけでもあげさせてほしい、と伝えた。

佐知子は喜び、二人は長く疎遠であったことも忘れて、しばし話しこんだ。

両親は中学二年の時に離婚し、以後、修子は母の手で育てられた。兄弟姉妹はいない。その母が、七年前に病死したことを佐知子は知らなかった。別れた日出夫とも連絡をとらなくなっていたのだから、佐知子がそのことを知らなくて当然だった。

「お母様、まだお若かったでしょうに」と佐知子は声を落とした。

「ちっとも知らないで。お目にかかったのは一度だけだったかしら。お元気な方だったのに」

「急に発病したみたいです。呆気《あっけ》なかったですね」

「それで……修子さんは？　今、ご家庭をもっていらっしゃるの？」

「いいえ、相変わらず気ままに一人でいます。ちなみに子供もいませんｔ」

そう言って修子は短く笑ってみせた。その後で「だから私、天涯孤独なんですよ」と明るく言ってのけようと思ったが、やめた。天涯孤独、というのは好きな言葉ではなかった。どこか甘ったれているような感じもする。それがどうした、とも思う。にもかかわらず、実際、それは事実なのだから、と感じている自分が情けなかった。

その年の正月に珍しく佐知子から送られてきた賀状で、日出夫の発病を知った。日出夫が早晩、死ぬことはわかっていた。そのため、訃報に接しても、修子に特別の感慨は生まれなかった。もう何年もの間、なじみになっている、しんしんとしみわたるような寂しさを感じただけだった。

日出夫の内臓が癌《がん》に冒されていることがわかったのは、一年前。医者嫌いで、ろくな検査も受けずにきたことが祟《たた》ってか、発見された時はすでに完全な手遅れになっていた。いったんは治療も入院も拒否した日出夫だったが、一人で暮らしていくことが困難になり始め、やっと観念したのか、身辺整理をした後、自ら病院に入った。

佐知子が嫁いだ先の北信州の小さな町には、歴史の古いキリスト教系の病院がある。戦前は結核病院として使われていた。手厚い看護で有名な、ホスピス専用病棟が付属しており、評判がいい。地元の会社を定年退職した佐知子の夫は、一年前の春、病院に二次就職し、総務関係の仕事をしていた。そのため、日出夫がホスピスに入所するための便宜《べんぎ》も図ってやることができた。

佐知子は姉らしいこまごまとした配慮のもと、準備を整え、東京の病院で最後の時を迎えようとしていた弟を呼び寄せた。日出夫は素直に従って、佐知子の夫が運転する車の後部座席に横たわりながら、この地までやって来た。そして、人生最後のひとときを、緑がむせかえる庭を眺めながらホスピス病棟の一室で過ごし、苦しむことなく静かに旅立ったのだった。

……そんな話を修子は、佐知子との電話での会話の中で聞いていた。

「ねえ、修子さん、よかったら、日出夫が入ってたホスピス、外からちらっと眺めていかない？　せっかくいらしたんだし」

ハンドルを握っている佐知子が、陽気な口調で言った。ぜひ、と修子は言った。

「ここからすぐよ。それはそれはきれいな病院。隣に病院専用のチャペルもついててね、日出夫の葬儀はそこでやっていただいたの。宗教は関係なく、ホスピスで亡くなった患者さんのために、病院が簡単な葬儀をやってくれるんですよ。あの子、病気がわかってからずっと、最後まで誰にも会いたがらなかったんです。わかるでしょう？　もともと、そういう人間でしたものね。だから、いまさら、みなさんに知らせてお葬式をあげるのも、あの子はいやがるだろうと思ってね。誰にも知らせずにいてやりたくて。せめてもの供養《くよう》ってところかしら」

「そうでしたか」と修子は言った。

フロントガラスから降り注いでくる、晩秋の光がまぶしい。人通りも車の量もまばらな通り沿いに、何軒かの店が見えてきた。有名な栗菓子を扱った店である。

「静かできれいな街なんですね。あのお菓子屋さん、すごく有名でしょう？　私もよく知ってます」

「あそこの、栗のアイスクリームがおいしいのよ。機会があったら、ぜひ、食べてみて。日出夫も大好きだったんです。食欲がなくなって、ほとんど何も口にできなくなってからも、栗のアイスだけは食べてくれて。元気だったころは甘いものなんか、いやがって全然食べなかったのに。病気をすると、変わるのね。ふしぎね」

井上日出夫はかつて、東京にある小さな劇団に属し、舞台演出の仕事をしていた。脚本も手がけ、時には主演役者として舞台にも立った。

長身で、日本人離れした美しい骨格をした男だった。顔だちは凛々《りり》しく、眉も睫毛《まつげ》も色濃くて、切れ長の大きな目で見つめられると、どんな時でもそこに何か意味があるのでは、と錯覚を抱かせるような色気が漂った。

ふだんは世間の話題にのぼることのない、小さな劇団だったが、ある時、日出夫が脚本を書き、演出も担当した芝居が演劇人たちの間で高く評価された。才能ある若手演出家誕生、として、マスコミでも大きく取り上げられた。

勤めている新聞社の上司から、話題の人、というコラムでの人物インタビューを命じられ、修子は日出夫に会いに行った。それが二人の出会いだった。二十一年前のことで、修子は二十九歳、日出夫は三十四歳だった。

初めの印象は、物静かだが気障《きざ》な男、という一語に尽きた。一事が万事、どこか芝居がかったような口ぶりは憎めないものだったが、鼻についた。気が強いのか、はたまた弱いのを隠しているだけなのか、本人ですらわからぬまま、自ら造り上げた仮面をかぶっているうちに、いつのまにかそれが真実になってしまっただけのように感じられる一面もあった。

だが、湛《たた》えている静謐《せいひつ》な気配と容貌の美しさは、比類がなかった。何事においても感情に走らない論理的な話し方は説得力があり、ついつい引き込まれた。同調できないこともあったが、彼の言わんとしているることの大半は理解できた。

見た目とは違って、遊び人、という印象は希薄だった。むしろ、際立って真面目な男のようにも感じられた。修子は彼に興味をもった。

二人はそのうち、誘い合わせて飲みに行くようになった。ウマが合ったのは事実だった。互いの会話は途切れず、複雑に絡み合いながらも、あちこちに飛び火していき、終わることなく続いた。

そのせいもあってか、距離が縮まるのは早かった。気安く互いの身体に触れ合うようになり、気がつけば、修子は彼が暮らしていた巣鴨のマンションの部屋に入り浸るようになっていた。

さしたるトラブルもなく関係は続けられた。短い旅行に出ることもあった。日出夫が修子の住む大森のマンションにやって来て、泊まっていくこともあった。互いの部屋には、いつも互いの衣類や下着がそろえられるようになった。

だが、生活を半分共にするようになっても、日出夫はなかなか、結婚を口にしなかった。相手が自分でなくとも、日出夫が積極的に誰かと婚姻関係を結ぼうとすることは、おそらくないのかもしれない、と修子は感じた。

他に交際中の女性がいる様子はなかった。同性愛者でもなく、器用に男女を使い分けているバイセクシュアルな人間でもなさそうだった。何か過去に問題を起こしたという話も聞かなかった。ただ単に、いつまでも一人でのらりくらりしていたいだけなのか、それとも、思想的に女と共棲することを拒絶したがっているということなのか、どちらなのかはわからなかった。

かといって、子供ができることを恐れているふうでもなかった。決して積極的ではなかったが、できたらできたで、産めばいいいよ、一緒に育てようなどと言ってきて、修子が驚く場面もあった。

妊娠がはっきりした時に、入籍を求めればいい、そうしたら彼も了解するだろうと修子は思っていた。だが、妊娠の兆候は現れなかった。とりたてて問題になるようなことは何もなかったにもかかわらず、修子の中には常に一抹《いちまつ》の不安があった。彼自身の内部に見え隠れしている暗闇が、どうしても理解できないことからくる不安だった。

入籍することで、その暗闇が消えるとは思っていなかった。そんな簡単なことではなさそうなのは、わかりきっていた。だが、手に手を携えて共に暗闇の中に降りていけるのであれば、闇そのものを理解し、彼に光を与えることができるようになるのでは、とも思った。そのための入籍なら、大いに意味があるはずだったし、そうすべきだ、と考えた。

少女じみたおめでたい夢想には違いなかったが、修子は自分が編《あ》み出したその考えから離れられなくなった。

ある時、思いあまって、正直に胸の内を明かした。日出夫は黙って聞いていた。そして最後まで聞くと、「わかった」と言った。にっこり笑った。「なんだか俺が知らないうちに、難しそうな話になってたんだな。俺は修子と結婚してるも同然みたいに思ってたけど、修子は違ったんだね。うん、いいよ。きちんとしよう。結婚しよう」

その一週間後、二人で区役所に婚姻届を出しに行った。帰りに蕎麦屋に入ってビールを一本、分け合って飲み、ざるそばをすすった。蕎麦屋を出てからは二手に分かれ、修子は会社に、彼は自宅マンションへと戻った。結婚した、という実感は生まれなかった。

それまで暮らしていた大森のマンションを引き払い、修子は彼のマンションで共に暮らし始めた。ごくたまに、修子の母親が訪ねて来たり、すでに嫁いで北信州に行っていた佐知子が、友達と会いに上京しがてら立ち寄る以外、二人の部屋に人が出入りすることはめったになかった。

日出夫は自宅に他人がやって来るのをいやがった。劇団の仲間たちさえ、招こうとはしなかった。

そのうち、次第に日出夫の気難しい面、神経質な面が目立つようになった。何か考え事をしている時にうっかり話しかければ、赤の他人を見るような目で冷ややかに睨《にら》まれた。笑顔を作っている時でも、目の奥には人を拒絶する、揺るがない闇があるように見えることもあった。

総じて彼は、家ではあまりしゃべらなくなった。物思いにふけって煙草をくゆらせているか、ウィスキーのオンザロックをすすっているか、いずれかだった。

二人で外に飲みに行っていたころは、抽象的な話を好んで交わしていたが、結婚後、彼は難しい話を避けたがるようになった。修子のほうから話し始めると、面倒くさそうな顔をした。

代わりに彼は、修子相手に小鳥の話をした。彼は生き物こそ飼っていなかったし、飼おうともしなかったが、無類の動物好きで、とりわけ小鳥狂だった。

子供のころ、傷ついた鳩を保護し、親に内緒で長い間、箱に入れて持ち歩きながら、傷に薬を塗ってやっていたという話や、巣から落ちたと思われる野鳥の雛《ひな》を脱脂綿でくるみ、二十ワットの電球をつけっ放しにして温めてやった話、可愛がっていた十姉妹《じゅうしまつ》を近所の野良猫に食われてしまった時、その猫を叩き殺して腹を裂いてやりたいと思いながら、鳥を飲みこんだ猫が、さも満足げに冬の光の中で顔を舐《な》めているのを見ているうちに、何故だか涙がこぼれて仕方がなくなった、俺が猫でも同じことをしただろうと思ったんだ、という話など、いったん始まると、とめどがなくなり、彼の中の生き物に関する記憶は、美しくて薄い雲母《うんも》のかけらのように、堆《うずたか》く積まれていくのだった。修子はそれらの話を聞いているのが好きだった。動物……とりわけ小鳥の話をし始めると、日出夫が活き活きし、出会ったころのように魅力的に見えてくるからだった。

「この世の中で、小鳥ほど愛らしい生き物はいない」と言うのが彼の口癖だった。

その丸み、やわらかさ、無邪気さ、拡げた小さな翼の美しさ。目を閉じて眠っている時の、愛らしい胸のふくらみ。いかにも冷たそうに見える細い脚にも、触れれば確かに生きているもののぬくもりがある。弾力がある。

死ぬまで狭い籠の中で生きることを強いられ、その小さな世界を身の丈に合った場所として静かに受け入れ、孤独を悲しまず、控えめに餌をついばみ、水を飲み、毛づくろいをし、眠ること以外、することが何もない。そのくせ、虚空《こくう》に向かって、全力で囀《さえず》っている時の彼らは、生きていることを誇らしげに主張しているように見える、そのたびに、彼らのもつ隠れた力強さに胸打たれる……そういう話を修子は彼の口から、幾度となく聞いた。

「人間が嫌いなんだよ」と言うのも日出夫の口癖だった。「生きているものの中で、人間だけが嫌いなんだ。他のものはみんな好きだよ。小鳥だけじゃない。犬も猫も、草花も、魚も、虫も、生きてるものはみんな好きなのに、人間だけがね、何故だか嫌いで嫌いで仕方がない」

「私のことは？」と修子は訊ねる。馬鹿げた、子供じみた質問だとわかっている。だが、訊かずにはおれない。

そのたびに彼は、「修子は別」と答えた。「人間だと思ったこと、ないから」

「私、人間じゃないの？」

「人間だと思っていたら、たぶん、ここまで長く一緒にいられなかったよ」

「人間じゃないのなら、私は何？」

「そうだな。いろいろだな。時と場合によって変わるみたいだ。アルマジロだったり、リスだったり、小犬だったり……」

「みんな、ころころしてる動物ばっかりじゃない。やっぱり私、太って見えるんだ。いやんなっちゃう」

「太ってるか痩せてるかは関係ないよ」

「じゃあ、何でころころした動物ばっかりにしたがるの？」

「ころころした動物が好きだから」

「ねえ、私は鳥には見えない？」

修子がそう訊ねると、彼は「ううむ」とわざとらしく顎《あご》を撫でながら唸ってみせ、「修子が鳥だったら、さしずめ猛禽類《もうきんるい》だろうな」と言って、からかうのだった。

文字通り、女を籠の鳥のように飼育し、支配するのが理想なのだろうか、と想像してみたこともあった。しかし、日出夫がその種の、趣味的な性癖の持ち主だとは考えにくかった。そうした欲望を隠しもちながら、小鳥を愛《め》でてきた男にも見えなかった。彼はただ単に、人間が嫌いなだけだった。

一度は才能を認められた日出夫だったが、その後、いくつか発表した彼の脚本演出による芝居は完全に無視された。芝居のチケットはなかなか売れなくなり、不景気も相まって、劇団の運営にも翳《かげ》りがさした。

もともと厭世《えんせい》的な発言が多かった彼が、いっそう厭世観を丸出しにするようになったのは、そのころからである。生きていることに愉《たの》しみや希望は何もない、もともと、そんなものはもてなかった、主義として自殺はしないが、早く死ねればいいと思っている、だから俺は一生、病院には行かない、行って病気が見つかったら、治療されてしまうからな、などとつぶやくかと思えば、生まれた時から人生を諦めていた、諦めていたからこそ、どんな情況に陥っても生きることができた、でも、もうそんなふうに生きることにも疲れたよ、勘弁してほしいよ、楽になりたいよ、と言っては、皮肉な笑みを浮かべてみせたりした。

修子がその厭世主義的な物言いに苛立って反論すれば、とたんにかつての論理的な日出夫が甦ってきて、易々《やすやす》と論破された。最後に彼は必ず、「そうだろう？」と念を押してきた。「生きることが好きな修子は、好きなだけ長生きして、好きなだけ人生を楽しめばいいんだ。俺はそれを否定しない。邪魔しない。俺は自分自身を語っているだけであって、修子の生き方を俺に合わせようとしているわけじゃないんだから」

「じゃあ、黙ってればいいじゃない。いちいち、そんな悲しいことを私に言わなくてもいいじゃない」

「悲しいこと?」と彼は訊き返した。「どこが悲しいの。生きていることが楽しい人間には、わからないのかもしれないけど、この世からおさらばするのは、ちっとも悲しいことなんかじゃない。ほっとすることなんだよ」

「どうでもいいけど、二度とこの話題を持ち出さないで。世の中には、生きていたいのに生きられない人がたくさんいるっていうのに」

「生きていたい人間がいるのと同じで、俺は生きていたくない人間なんだ。それだけのことさ」

その傲慢《ごうまん》な物言いにどう切り返せばいいのか、わからなくなり、修子は時に苛立つあまり、決して言ってはならないことを口走った。

「そういう考え方しかできない日出夫さんの書くお芝居が、人の心をうたないのは当然よ。お客が入らない、評価されない、って苦しむ前に、日出夫さんのその傲慢な考え方をなんとかすべきなのよ」

わずかの沈黙があり、まずいことを言ったか、と修子は慌てる。だが、日出夫はすぐさま元に戻り、感情の乱れなど、毛筋ほどもにおわせないようにふるまった。

日出夫は歯向かわない。怒らない。まくしたてない。ただ、うす笑いを浮かべ、修子を眺めているだけである。

「修子の言う通りだ」と彼は言う。「俺もそう思う。俺は傲慢なのかもしれない。でも、だからといって、はい、みなさん、死ぬのはこわいよね、長生きしたいよね、長生きして人生を楽しまなくちゃいけないよね、っていう芝居が俺に書けると思うか？　そんなものを書くくらいだったら、主義には反するが、首を括《くく》ったほうがましだよ」

青臭いことを話しているはずなのに、その顔に、早々と近づいた老いに似たもの、老いよりもさびしく、醜いものが拡がっているように感じられて、修子は思わずぞっとするのだった。

別れたのは入籍して四年後だった。とりたてて大きな諍いがあったわけでもなく、深刻な話し合いを繰り返したわけでもない。出張で福岡に行き、二日間滞在して仕事を終えた時、修子は急に、日出夫のいる東京のマンションに戻るのがいやになった。

その嫌悪感は、道を歩いていて、突然、襲ってきた雷雨のような烈しさを伴っていた。どうしようもなくずぶ濡れになりながら、いやだいやだいやだ、と叫んでいることしかできなくなるような類のものだった。

修子の出張に同行したのは、入社して二年目の若く元気な男性記者だった。金沢出身だという彼は、頭のてっぺんから足の爪先まで、健全と健康を絵に描いたような若者だった。

闊達《かったつ》によくしゃべる彼の口からあふれ出てくる、希望と期待と夢に満ちた人生の話は楽しかった。聞いているだけで心なごんだ。

自分にもこんな時代があった、と修子は懐かしく思い出した。未来を憂い、世界はいつだって虚無の底にある、といったようなことを口にしながらも、それは決して本心ではなかった。生きていること自体が、いとおしかった。

自分は間違った場所にいる、と修子は思った。日出夫と一緒にいて、いつのまにか日出夫の色に染められてしまった気がした。一刻も早く、健全な考え方のできる人間たちの世界に戻りたくてたまらなくなった。

日出夫に何の連絡もせず、仕事帰りに一人、足を伸ばして湯布院まで行き、宿をとって温泉につかった。宿の浴衣に着替えて、ビールを飲みながら、当時、埼玉で一人暮らしをしていた母に電話をかけた。

日出夫さんがあんまり世をすねるようなことばっかり言うから、正直、うんざりなの、と修子が努めて明るく愚痴《ぐち》を言うと、母親は「あんたに甘えてるだけよ」と言った。「男の人はすぐ女に甘えるから。

みんなそう。甘えない男の人なんか、いないの。政治家だって、プロレスラーだって、みんなそうなの」

「そんなものかな」

「そうよ。適当に聞き流してればいいのよ。日出夫さんだって、つらい時期よね、きっと。だから修子に支えてもらいたいだけなんじゃない？　世をすねて甘えるくらい、許してあげなくちゃ」

母親相手に、夫の悪口をこぼし、それを受けた母親が、経験者としての機知に富んだコメントを返す、という、世界中、どこでも行なわれているような情景の中に自分がいることが、修子には好もしかった。嬉しかった。

宿の人間との世間話も楽しかった。誰も、死を口にしなかった。生きていたくない、などと甘ったれたことは言わなかった。心のどこかでそう思ったことがかつてあったとしても、人はやっぱり、生きているのだった。憎んでも怒っても悲しんでも苦しんでも、生きていこうとしているのだった。そのことが修子には、神が与えた永遠の秩序のごとく、神秘的で美しいものに感じられた。

東京に戻ってから、自宅に電話をかけた。日出夫は出なかった。芝居の舞台稽古が始まっていたので、稽古に出ていたのかもしれなかった。

その晩、遅くなるまで時間をつぶし、必死になって考えた。だが、考えるそばから何かが崩れていき、いったい何を考えていたのか、わからなくなった。

深夜過ぎてから家に帰った。日出夫はすでに戻っており、疲れきった暗い目をして修子を迎えた。

「おかえり」と陰気な口調で言われ、「ただいま」と同じように陰気に応えた。

物問いたげに、日出夫が修子を見つめてきた。その瞬間、修子の口から「別れたいの」という言葉がするすると出てきた。「別れて一人になりたいの。すみません、こんな話を突然。お願いです、離婚してください」

そう言うつもりでいたわけではなかった。きちんとそのように決めたわけでもなかった。だが、言ってしまったとたん、長い間、喉の奥に詰まってとれずにいた固い飴玉が、一挙に胃の底に落ちていったような感覚があった。

日出夫は理由を訊ねなかった。しばし修子をぼんやり見つめると、顔をそむけ、奥にひっこんで財布とジャケットを手に戻って来るなり、そのままどこかに出かけて行った。

彼は朝になっても戻らなかった。修子がいつも通り出社すると、午後になって、会社のデスクの電話が鳴った。日出夫は前置きも何もなく、儀式ばった口調で、「別れよう」と言った。「そのほうがいいみたいだ」

「そうしましょう」と修子は応えた。

電話を切ってから、修子はデスクから離れ、廊下をあてどなく歩きまわった。何かわけのわからない冷たいものが、背中を走り抜けていくのを感じた。我知らず身震いした。

解放感はなかった。一つの暗闇を捨てたとたん、別の暗闇の中に、自ら足を踏み入れてしまったような気がした。

佐知子が運転する車は、静かな表通りを進み、無数の木もれ日が落ちている一角に停められた。

病院の裏手にあたる駐車場だった。左側にチャペルがあり、三階建ての病院は樹木と芝に囲まれた広大な庭を中心に、長々とL字形に伸びていた。

「百年くらい前の建物なんですって」佐知子が車から降り、チャペルを見上げながら言った。「日曜日には普通のミサもやってるのよ。

きれいでしょう？」

小ぶりだが、三角屋根のついた荘厳《そうごん》な、本格的なチャペルだった。レンガ色の壁づたいに、蔦《つた》が美しい模様を描いていた。

修子は入り口の扉をそっと押してみた。扉は蝶番《ちょうつがい》を軋《きし》ませながら、内側に開いた。奥のほうから、かすかに古い木材や古紙の香りが漂ってくるのが嗅ぎとれた。

石造りの三和土《たたき》で靴を脱ぎ、ガラスのはまった引き戸を開けると、その先が礼拝堂になっている。古い年代物のオルガンと石膏《せっこう》のマリア像の向こうに、椅子が長々と連なっていた。空気は冷たく、埃っぽく淀み、窓のステンドグラスは小暗《こぐら》い光を湛《たた》えていた。

ここに日出夫の棺《ひつぎ》が置かれ、身内だけでキリスト教の葬儀が営まれたことを想像し、修子はふしぎに思った。出会った時から、彼はずっと死人を演じていて、その死人が本当に死人になり、何やら自分で書いた自己満足的な芝居の終幕のように、田舎の美しい小さな教会で見送られたのである。それは彼にとって満足できる最後だったのだろうか。

チャペルを出てから、佐知子は遠くを指さし、「あれがホスピス」と言った。「左側の部分が全部そうなの」

手入れのいい芝に被われ、木立で囲まれた庭の向こうに、それはあった。一般病棟に続いている建物で、クリームイエローの外壁の色も同じだった。

「あそこのね、三階の左から二番目の窓の部屋だったのよ」と佐知子は言った。「庭に面してたから、窓からの眺めが最高だったわ。日当たりもよくて、気持ちがよかった。あの子、あったかい日には、鳥籠を窓辺に置いてね、長い間、日向ぼっこさせてたわね。私が行くと、そのへんでハコベが生えてたら採ってきてほしい、って。鳥はハコベが大好物なんですってね。でも、ハコベって春先しかなくって、結局……」

記憶の奥底に溜まっていたものが、静かに蠢《うごめ》いたような気がした。

「鳥籠？」と修子は訊き返した。「彼、鳥を飼ってたんですか？」

「話してませんでしたっけ。ここに来てから、日出夫は文鳥を飼ってたんですよ。白文鳥。真っ白の手のり。どうしてもね、最後に鳥が飼いたい、って言って。ほら、あの子、鳥好きだったでしょ？　ホスピスで鳥を飼うなんてどうかと思うけど、あんまり本人が熱心だったから、特別に許可をもらったんです。鳥籠を部屋から出さない、っていう条件つきで」

「その文鳥は今どこに？」

「大きな顔して、私どものとこにいますよ」佐知子は目を細めて微笑んだ。「とんだ置き土産よね。人なつっこいのはいいけど、まあ、籠から出してやるたんびに、人の後ばっかりついてきて、うるさいこと、うるさいこと。短い間だったけど、日出夫があんまり可愛がったせいか、自分が鳥だと思ってないみたいで」

さも可笑しそうに笑う佐知子の横顔を見ながら、修子は胸が騒ぐのを覚えた。

ひとつも正直な気持ちを吐露《とろ》しないまま、妙にさばさばとした、冷淡に割り切った別れ方をして十五年。会いたいと思ったことはないが、どういうわけか、日出夫が小鳥を愛《め》でている様を思い描くことはしょっちゅうあった。

結婚してから彼と小鳥を飼っていたわけではなく、彼が実際に小鳥を手にのせているところを目にしたこともない。なのに、想像の中の彼はいつも小鳥と一緒にいて、これまで見せたことがないほど幸せそうな顔をしながら嘴《くちばし》に口を寄せたり、その小さな頭にキスをしたり、いつまでも背中を撫で続けていたりする。そして、そんな彼に、修子はいつも嫉妬に似た気持ちを抱くのだった。

別れて何年にもなる男に何故、今さらのように嫉妬するのか、わからない。自分は孤独なのに、彼は孤独ではない、と思うからか。彼にはそうやって小鳥がいてくれるのに、自分には何もいない、と思うからか。

いずれにしても、そうした感情を抱くのは無意味だし、馬鹿げていた。そうわかっていながら、それでも時折、ふっと、何の脈略もなく似たような光景が頭の中に浮かんでくる。

そのたびに修子は、家族や身内と呼べる人間が誰もいなくなった自分の孤独を想った。ひとりであることに改めて呆然とした。自分が、断崖を前にして、足をすくませている十歳の子供のようになっているのを感じた。

佐知子が夫と二人で暮らしている家は、病院から車で十五分ほど。町外れの住宅地の一角にあった。

最近になって土地開発されたというその界隈《かいわい》には、都市部の住宅地でよく見かけるような、庭のついた建て売り住宅や、見ただけで二世帯住宅とわかるような家々が、等間隔に並んでいた。

佐知子の家は二階建てで、外壁の白い、モダンな小住宅だった。夫が定年を迎える三年前に社員価格で購入した、とのことで、それは佐知子の夫が勤務していた建設会社が売り出した建て売り住宅だった。

すでに早い日暮れが始まろうとしていた。家の中は薄暗かった。佐知子が息をはずませながら、室内の明かりやエアコンをつけてまわった。

中央の板張りの部屋がリビングルームで、ダイニングテーブルの代わりに大型炬燵《こたつ》が置かれていた。日出夫の遺骨と位牌《いはい》は、その炬燵のすぐ隣の、白い光沢のある布で被われた座卓の上にあった。

白と薄紫色のトルコキキョウの花が、灰色の壺に活けられている。純白の真新しい布に包まれた遺骨、おりんと小さな丸い線香台、蠟燭台が並んだ向こう、黒いリボンがかけられた遺影の中で、日出夫がやや上目づかいに正面を向き、微笑んでいた。

それは修子がよく覚えている日出夫の表情だった。彼はよくそんなふうに、はにかむ少年のように微笑んだものだった。

「主人が寒がりで」と言い、佐知子はいそいそと炬燵の電源を入れ、賑やかな色合いのキルティングの炬燵布団を掌で軽く叩き、形を整えた。「せっかくの新築の家のリビングに、炬燵なんか置きたくなかったんだけど、どうしても炬燵じゃなきゃいやだ、って。でもね、置いてみればやっぱり、気持ちがいいのよね。娘夫婦が孫を連れて遊びに来ても、みんな大喜び。ニッポンの冬はやっぱり炬燵なのね」

「佐知子さんにはもう、お孫さんが？」

「ええ、ええ、そうなのよ。困ったことに、上の娘が早く結婚して、すぐに子供を産んだもんだから、もう孫が二人もいるの。下の娘も今、妊娠中。来年の春に生まれるの。まだ還暦前だっていうのに、私、三人の孫がいるおばあちゃんよ。東京にいる学生時代の友達の中には、まだ子供が高校生、って人もいるっていうのにねえ」

言いながら佐知子は、けらけらと楽しげに笑い、よく整頓されたカウンターキッチンに立って、湯をわかし始めた。先程まで光が残っていたはずのガラス戸の外は、見る間に暮れていった。どこかで小鳥の声が聞こえた。

「ピースケよ、修子さん。気づかなかった？　ほら、そこ」

日出夫の祭壇と向い合わせになる形で、庭に向かうサッシ戸の脇に四角い鳥籠が置かれていた。中で白文鳥が一羽、好奇心たっぷりに二本のとまり木を行きつ戻りつしていた。

修子は鳥籠に近づいた。チッ、チッ、と短く鳴きながら、白文鳥が小首を傾げた。修子が、「ピースケ君。はじめまして」と話しかけると、鳥はまた、チッ、チッ、と鳴いた。流しで水を流しながら、佐知子が短く笑った。

祭壇の前には、うす桃色の座布団が一枚、敷かれていた。修子は東京で買って持って来た線香の箱に、香典の包みを添えて祭壇の隅に手向け、座布団に正座した。

佐知子がいつのまにか背後にやって来て、修子の斜め後ろに静かに腰をおろした。佐知子の了解を得てから蠟燭に火をともし、線香をかざして、おりんを小さく鳴らした。しばし遺影を見つめ、目を閉じて手を合わせた。

心の中は空だった。言葉も何も思い浮かばなかった。日出夫との記憶すら甦らないような気がした。たったこれだけのことをするために、自分はここまでやって来た。そう思うと、その虚《むな》しさに気が遠くなりそうになったが、それでも一方では、これで気がすんだ、という思いもあるのだった。

修子はそっと後ろを向き、床に指をつきながら、佐知子に向かって深く礼をした。佐知子は床に額がつくかと思われるほど背を丸め、身体を縮めるようにして、丁寧なお辞儀を返してきた。

「修子さん、鳥は大丈夫よね？」

「はい、もちろんです」

「じゃあ、ピースケを手にのせてみます？」

「ぜひぜひ」

佐知子が籠の戸を開け、中に右手を差し出すと、白文鳥は待ちかねていたかのようにその掌にのってきた。籠から出し、佐知子は小鳥を両手でやわらかくくるみ、あやすようにしてから、修子の右手の人指し指に止まらせた。

温かく細い、二本の脚で修子の指につかまり、小鳥は一瞬、身体を大きくふくらませてから、ぶるっ、と羽をふるわせた。嘴と目の縁《ふち》だけが薔薇色の、美しい白文鳥だった。

修子が顔を近づけ、「ピースケ君、こんにちは」と話しかけると、小鳥はそれに応えるように、チッ、と鳴いてから、一瞬、尻を下げる仕草をした。その直後、生温かなものが、修子の手の甲を流れていった。温かすぎて、熱く感じられるほどだった。

「やだやだ、ピーちゃんたら」と佐知子は笑った。「初めての方だっていうのに。ごめんなさいね、修子さん。大丈夫でしたか？　服、汚れなかった？」

修子は「全然平気です」と笑いながら、渡されたティッシュペーパーで小鳥の糞を拭き取った。

小鳥はいったん、翼の音をたてて飛び去ったが、あたりをひとまわりしたかと思うと、再び舞い戻り、今度は修子の左の肩に止まった。セーターの編み目を通し、小鳥の重みと、細い脚の愛らしく鋭利な感触が伝わった。

修子は右手を肩に差し出し、小鳥を止まらせてから、両手でそっとくるんだ。背中に鼻を近づけた。生き物のにおいがした。

「あったかいんですね、鳥って」と修子は言った。「こんなにあったかいとは知りませんでした」

「気持ちがいいでしょう？　ピースケもそうやってもらうと、気持ちがいいみたいで、そのまんま寝ちゃうこともあるのよ。修子さん、よかったら今日はうちでお夕食、食べていってくださいな。主人は今日は会合があって遅くなるし、修子さんと二人で、簡単なお鍋にしようと思って。帰りは長野からの新幹線に間に合う時間に、駅まで私がお送りしますから」

小鳥を手にのせたまま、炬燵に足を入れ、修子は「ありがとうございます」と言って佐知子の申し出を受けた。

佐知子は修子が親しくしてきた人間ではなかった。それどころか、ほとんど何も知らないまま、日出夫と別れ、それきりになっていたのだった。

だが、佐知子の家は居心地がよかった。懐かしいような既視感があった。

炬燵の上の籐《とう》の籠には、つややかなみかんとリンゴが盛られていた。炬燵のぬくもりが、足腰に染みわたった。キッチンではやかんが湯気をあげていた。それは、かつて母が元気だったころ、埼玉の実家に戻り、母と炬燵を囲んだ時の感覚と似ていた。

もともと佐知子と日出夫が仲のいい姉弟だったとは聞いていない。二人とも二十代の時に両親を相次いで亡くしていたが、互いに支え合う、といった関係にはなかった。

反目し合うことはないが、かといって互いに関心を抱き合う、ということもなく、長く別々に生きてきた。日出夫の病が末期にさしかかっているとわかって初めて、佐知子は弟に自ら近づき、日出夫もそれを受け入れた、ということなのかもしれなかった。修子は改めて血縁のふしぎを想った。

「それにしても、日出夫さんたら、こんな可愛いものを置き土産にするなんて」と修子は差し出されたコーヒーカップを前に、軽く頭を下げながら言った。「見飽きませんね、可愛くて。ずっと眺めていたくなってしまいます」

小鳥は炬燵の上にいて、佐知子がどこからか取り出してきて与えた餌を夢中になってついばんでいた。嘴が朱色の天板にあたるたびに、かつんかつん、かつん、という小さな音が聞こえた。

「修子さんも鳥を飼ってみればいいのに」

「え？　私が？」

「ペットショップに行けば、いろんな小鳥が売ってるでしょう？　飼いやすいのよ、小鳥は。犬や猫よりもずっと飼いやすいのに、犬や猫みたいに言葉も気持ちも通じるし。自立してる、っていうか、すごくしっかりしてて、孤独にも強くて。あ、これ、日出夫からの受け売りですけどね」と言い、佐知子は照れくさそうに笑った。

「私、手のりは飼ったこと、ないんですが、子供のころ、カナリアを飼っていたことがありました。母一人子一人だったもんですから、さびしいだろうと思ったんでしょうね。母が私のために買ってきてくれて」と修子は言った。「きれいな声でよく鳴いてくれる、黄色いカナリアでした。夜は母が、風呂敷で鳥籠を包んでましたっけ。そうやって暗くしてやると、鳥はすぐ眠るんですよね。私が餌と水をやる役目で、毎日、一生懸命、やってました。今でもね、ごくたまにですけど、カナリアに餌や水をやるのを忘れて、何日もたってしまった夢をみて、怖くなって飛び起きることがあるんですよ。忘れたことなんか、一度もないのに」

佐知子がくすくす笑った。「わかるわ、そういう夢。飛び起きて、ああ、夢でよかった、ってほっとするのよね」

その話を修子はかつて、日出夫にしたことがあった。日出夫は興味を示し、夢の中のカナリアがどんなふうになっていたのか、知りたがった。

弱って死んでしまったカナリアの死体があるのではないか、とおそるおそる鳥籠を覗くと、中に鳥の姿はなく、ただ、空の水入れと空の餌台があるだけだった、苦しんで暴れて散らばった羽根もなんにも、夢の中には出てこなかった、いつもと変わらない、糞《ふん》のこびりついたとまり木と、藁《わら》でできた巣があるだけだった、と修子は言った。

彼は「そうか」とだけ言い、しばし沈黙した。そして、「いやな夢だな。怖い夢だな。そんな夢は見たくないな」と低く、誰にともなくつぶやいて、わずかに眉をひそめた。

夜のとばりが降りると、佐知子は窓のカーテンを閉じ、あらかじめ用意しておいたらしい寄せ鍋の材料を炬燵の上に運んで来た。修子も手伝い、二人は手早く、食事の支度を整えた。鳥籠に戻された白文鳥は二人の女のやることを眺め、チッ、チッと鳴き、二本のとまり木をせわしなげに往復していた。

白身魚やはまぐり、各種野菜の入った寄せ鍋が、ぐつぐつと温かい湯気を立ち上らせている中、修子は佐知子と罪のない世間話を交わしながら食事をした。佐知子はよく笑い、よくしゃべった。もう何年もの長い間、毎晩、一緒に食卓を囲んできて、それが当たり前になっている人のように感じられた。

「日出夫がね、亡くなる直前に修子さんのことを話してきた時があるの」と佐知子は箸を置きながら言った。「こんな話、今さら聞いても仕方がないかもしれないけど」

「いいんです。聞かせてください」

「あの子ね、あなたと小鳥が飼いたかった、って言ってた。飼ってたら、今も一緒にいたかもしれない、って。どうして飼わなかったんだろう、って。別れてからずっと、そう思ってた、って」

修子は目をふせ、次いで顔をあげた。「うわごと、で？」

「ううん、違う。意識がはっきりしてた時。最後のほうはね、もう、ピースケの世話もできなくなってたから、ピースケはここに連れて来てたんだけど。ピースケの話を私としてた時に、突然、そんなことを言い出して……」

修子は小さく笑みを浮かべた。「彼は私と、何の鳥が飼いたかったんでしょうか。白い文鳥？」

「そうね、きっとそうね」

二人がふと押し黙ったので、あたりに沈黙が流れた。つけっ放しにしていた卓上コンロの上で、寄せ鍋にした鍋がだしの香りをたてながら、やわらかな湯気をあげていた。

「修子さん、彼氏はいないの？」

佐知子が手を伸ばし、コンロの火を細めながら訊ねた。「いるんでしょうね、きっと。修子さんだったら、恋人の一人や二人、いなくちゃおかしいもの」

「それがいないんです、全然。仕事ざんまいで、とってもそんな余裕は」

「でも、いくら仕事が忙しいからって、恋愛しない、ってこと、ある？　恋はおちるもの、って言うじゃない」

「めんどくさいんですよ、きっと。日出夫さんとの恋愛と結婚を経験しただけで、もう充分。あとは余生」

冗談めかして修子が言うと、佐知子は目尻に皺を寄せながら、うんうん、とうなずいた。「でも、まだまだ若いのよ。まだもうひと花くらい、いけるわよ」

「じゃあ、私も小鳥を飼って、花が咲くのを待ってようかしら」

「小鳥に寄って来る男はだめよ。修子さんに寄って来る男じゃなけりゃ」

「わかってます」

二人はくすくす笑い合った。

食事を終え、食後のコーヒーを飲んでから、修子は佐知子と共にキッチンに立って洗い物をした。後片付けは二人でやると手際がよかった。

ひと通り終えてから、修子は佐知子に背を向けたまま口紅を塗り直した。最後に、と言いながら、再び日出夫の遺影の前に座っておりんを鳴らし、手を合わせた。

鳥籠を覗きこみ、「さよなら、ピースケ、元気でね」と声をかけた。小鳥は出してもらえると思ったのか、さも嬉しそうに籠に張りついてきた。

修子はその小さな、折れそうなほど細い脚を指先で撫でてやった。日出夫も病の床から手を伸ばし、こんなふうにしたことがあったのだろうか、と思った。時を巻きもどして、もう一度彼と暮らし始め、二人で白い手のり文鳥を飼いたい、と思った。

佐知子の運転する車で戻る駅までの道は、小暗い闇の中にあった。

住宅が途切れ、商店やプチホテルが並ぶ界隈にさしかかっても、同じだった。紅葉した木々の葉をぼんやり照らし出す、淡い明かりがいくつか見えるだけだった。

「本当に楽しかった。お会いできてよかった」駅が近づいてきた時、佐知子は言った。「日出夫もどんなに喜んでるかしら。またいらしてね。たくさんおしゃべりしましょうね。ピースケにも会ってやってね」

「ありがとうございます。ごちそうさまでした。必ずまた来ます」

身体をこわさないようにね、寒くなるから風邪ひかないようにね、お仕事、がんばりすぎないようにね、などといくつもの「ように」を連ねたあげく、佐知子は駅前で車を停め、「素敵なお相手ができたら、私にも紹介してね」と無邪気な口調で言った。

「そうします。がんばります」

「そうよ。修子さん、まだまだよ。がんばるのよ。応援してますからね」

駅には人影がなかった。黄色い照明がぼんやりと灯されているだけだった。

佐知子の車から降り、修子は一礼してから手を振った。軽くクラクションが鳴らされて、佐知子の車は闇の向こうに消えていった。

券売機で長野駅までの切符を買い、相変わらず駅員が一人しかいない駅員室の窓口にそれを差し出して、鋏を入れてもらった。気温が下がっているようだった。吐く息が少し白かった。

遮断機のある踏み切りは、闇にのまれていた。足元に気をつけながら渡り、向かい側の上り線ホームまで行った。

余裕をもって出てきたので、電車が来るまですこし時間があった。ホームには誰もいなかった。中央付近に設営された、小屋のような待合室の中にだけ明かりが灯っていた。そこにも人影はなかった。

目をこらすと、線路の向こう側に拡がる広大な果樹園は闇の中にあった。天空に瞬いてみえるのは、星ではなく、遠い山々の頂き近くにある建物の明かりのようだ。

修子は空をふり仰いだ。いちめんに拡がる群青《ぐんじょう》色の澄みわたった夜空に、わななくように光る星々が散らばっていた。

冷たく尖った空気の中、乾いた枯れ草のにおいが嗅ぎとれた。ベンチに腰をおろし、深く息を吸った。目の前に拡がる闇に目をこらした。長く生きてきて、足のすくむような、怯えてしまうような孤独感には慣れっこになっている。寝床で目覚めたとたん、自分はこの世の中で、たった一人なのだ、と思い、どうすればいいのかわからなくなって、布団を両手で握りしめるような朝が繰り返されることにも慣れてしまった。

そんなことは誰にも語ったことはない。語ったところで、忙しく生きている相手を鼻白ませるだけだ。

だが、今の修子にその種の孤独はなかった。自分が世界とつながっているのが感じられた。この人地、天空、ありとあらゆる生き物たち、過ぎてきた時間、失ったはずのものとも、自分は確実につながっている、と思った。

線路の彼方の、遠くの闇に、ぽつんと明かりが見えた。上りの電車だった。小さな明かりが徐々に近づいてくる。闇の中にほのかな光がにじみ、拡がっていく。

その光を見るともなく見つめながら、もしかすると日出夫は、誰よりも生きたかったのではないか、誰よりも愛されたくて、誰よりも愛したいと思っていたのではないか、もっともっと長く生きて、いやなこともいいことも、さびしいことも嬉しいことも、うんざりするほど味わい続けていたかったのではないか、と修子は思った。だとすれば、それは自分も同じだった。

ふいに鼻の奥が熱くなって、視界が潤《うる》み出した。こちらに向かってくる電車の明かりが、雨が流れるガラスの向こうに見るもののようになった。

闇をつんざくようにして、踏み切りの警報機が鳴り出した。遮断機がゆっくりと降りてくる気配があった。

テンと月

それはそれはもう、生き物がたくさんやって来る庭だった。リス、たぬき、きつね、ヒメネズミ、猫、野うさぎ、ハクビシン、猿、蛇、もぐら、蛙、十何種類もの野鳥……。

庭の片隅を、大きなカモシカが悠然《ゆうぜん》と横切っていったこともあれば、ウリボウを三匹、間にはさんだイノシシの家族が、少し高台になっている庭正面の木立の向こうで、一列に並んでいたこともあった。夜遅く、大きなツキノワグマが庭木に登り、ドングリを食べているのを目撃したこともあったし、月夜の晩、二匹のムササビが木から木へと優雅に飛び交う姿を目にしたことも何度かあった。

だが、庭にテンが現れたのは初めてだった。

テン、という動物のことを女はよく知らない。図鑑か何かで見たことがある程度で、イタチに似た動物、ということ以外、何の知識もなかった。それなのに、どういうわけか、見たとたん、それがテンであることが女にはわかった。不思議だった。

きっかり一週間後には、引っ越し業者がやって来る。ここを引き払うことが正式に決まったのは二ヵ月前。まだ時間はあるし、荷物の整理はゆっくりやろう、と思ったのが運のつきで、いっこうに進まない。

やらなくちゃ、と焦りつつも気力がわかず、気がつくと古いアルバムやら黴《かび》のはえた古い手帳やらを前に、ぼんやりしている。今さら思い出しても詮ないことばかりを振り返っては、ため息をついたり、時に涙ぐんだり。過去など取り戻せるわけもないとわかっていて、すがるように古い写真に見入る自分が、他の何よりも女には煩《わずら》わしい。

泣いても笑っても、引っ越しまであと一週間。頼れる人間は誰もいなかった。経済的に余裕がないので、引っ越しのお任せパックなるものも利用していない。不用品の処分から梱包《こんぽう》作業にいたるまで、全部ひとりでやらねばならない。

一匹のテンがひょっこり庭に現れたのは、そんな女が覚悟を決めて、家中のあふれる荷物と向き合い始めた日の晩のことだった。

汚れたガラス窓のこちら側で、女は息をひそめてその美しい生き物を見守った。三月半ば。雪が残された庭の一角を、テンは行きつ戻りつし、くんくんとにおいを嗅ぎまわっていた。

室内の明かりがベランダにもれ、さらにそれは雪の上に流れていって、あたりを広くうすく、飴色に照らし出している。女が少しでも動くと、テンは用心深く、こちらに顔を向ける。きりりとした顔つきである。逃げ出す準備を整えているようでいて、しかし、近くに何か食べ物のにおいでもするのか、なかなか立ち去ろうとしない。

琥珀《こはく》色をしたつややかな毛。顔が小さく、漆黒の丸い目が愛らしい。猫ほどの大きさ。どこか抜け目のなさそうな、野性味あふれる表情。身体はほっそりしているが、尾はふさふさと豊かである。

東京から越してきて、この森に囲まれた土地に小ぶりのペンションを建て、夫と共に経営を始めてから二十年。連日満室という恵まれた時期もあるにはあったが、長くは続かなかった。

駅や国道から遠く離れ、近くにゴルフ場やテニスコートもなければ、遊興施設も観光名所も何もない。自然に囲まれていることだけが取り柄とあっては、客足は遠のくばかりだった。

それでもなんとか頑張って、細々と維持してきたが、次第にどうにもならなくなった。夫はすっかりやる気を失い、夜な夜な町に出て行っては、堂々と朝帰りするようになった。

問い詰めると怒りだし、目をむいて暴れ出した。ストレスから女はいっとき、体調をくずして寝たり起きたりの生活を余儀なくされた。

放置するしかなくなったペンションは、たちまち荒れ果て、地元では幽霊屋敷と噂される始末だった。

脱サラ男と、その夢につきあった妻の辿る、笑っちゃうくらいのお定まりのコース……夫と離婚話を進めていることを電話でおずおずと打ち明けた時、東京で独り暮らしをしている娘は、皮肉まじりにそう言い放った。

いくらなんでも、そんなふうに簡単に切り捨てられると深く傷つく。もっとやさしい言い方をしてちょうだいよ、お母さんの気持ちなんか、これっぽっちもわかんないくせに。思わず声をふるわせてそう言い返すと、娘はむくれ、「そう思うんだったら、いちいち電話なんかかけてこないでよ」と言うなり、通話を切ってしまった。

娘は娘で自分の人生を生きることで必死なのだ、とわかっていたが、置かれた親子の状況はあまりに情けなかった。その一本の電話をきっかけに、かろうじてつながっていた娘との関係も次第にぎくしゃくしていった。

しかし、すべては娘の言う通りであることを女は知っていた。自分は単に、夫の夢につきあっただけだった。ペンションを始めたかったのは自分ではない。夫だった。

勤めていた会社を辞め、借金をし、ローンを組んだ。夢が叶い、民宿だった建物の内装を替えてペンションが出来上がった時、夫は少年のように目を輝かせた。頑張るからな、一緒にやっていこうな、と言い、女は五月晴れの空の下、新緑の草が生えそろった庭で夫から抱きしめられた。そのまま黙りこくって動かなくなったので、奇妙に思っていると、夫が喉をつまらせながら嬉し泣きしていることがわかった。すっかり情にほだされた形になった女は、以来、夫が喜ぶならば、と朝から晩まで働き続けた。客の食事作りから部屋の掃除、リネン類の洗濯、庭の草むしり……裏方の仕事はなんでもやった。

一方、料理が不得手だった夫は、台所仕事を女に任せ、客の前に姿をみせて給仕することだけに専念した。夜には宿泊客の輪の中に入って行き、学生のころに習い覚えたギターやウクレレをつまびいては歌を歌った。

そのうち、何を勘違いしてか、そんな夫に好意を寄せてくる若い娘も現れた。夫はすっかりその気になった。着るものの趣味も変わった。女を前にして、いかに自分がもてるか、ということを自慢した。

女が少しでも呆れた顔を見せると、怒りだした。おまえは男をたてるということを知らない、いやみな女だ、などと怒鳴りちらした。そのくせ、若い女性客を前にすれば、とびきりの笑顔を作りながらミルでコーヒー豆をひき、これまで女が聞いたこともないような外国の話などをして、悦に入るのだった。

夫との間にできた娘は、生まれた時からおとなしい子だった。意見を言うことはめったになく、何を考えているのかわからなかったが、その分、問題も起こさなかった。

両親が日々、忙しくしていたため、娘はいつも、森に囲まれたペンションの裏庭でひとり遊びしていた。かわいそうだと気にかけつつも、学校の送り迎えをしてやることだけで精一杯で、女はどうすることもできずにいた。

地元の高校を卒業した娘は、親に何の相談もなく、さっさと荷物をまとめると、東京に出ていった。職を転々としたようで、現在は都内の飲食店で働いている、ということしかわかっていない。

だが、人間たちが何を思おうが、どう苦しもうが、外界では判で押したように正確に、四季が美しく移ろっていった。そのことが、女にはいつも不思議でならなかった。

花びらのように明るい春がくれば、森のそちこちで新しい生命が誕生する。子はたちまち大人になり、また交尾を始めて子をなした。そして時がたてば、そうした小さな生命の営みもひそかに人知れず幕をおろし、あとには何事もなかったかのように、東の空から日が昇り、西の空に沈んでいくことが静かに繰り返されるのだった。

交通の便がひどく悪い分だけ、地価が驚くほど安かったから、女の住まいは広々とした敷地の中にあった。建物も安普請《やすぶしん》だし、今では廃屋同然になってしまったが、庭だけは二十年前と何ひとつ変わっていない。むしろさらに、瑞々《みずみず》しさを増しているように女には思える。

木に掛けた野鳥の巣箱に大きな蛇が入りこみ、卵から孵《かえ》って巣立ちを待つばかりだったシジュウカラの雛《ひな》をすべてのみこんでしまったことがあった。容赦しない、という思いで鎌を手に蛇を追いたてたものの、女は結局、蛇を殺すことができなかった。

蛇に恨みはなかった。蛇も生きるために食べていかねばならない。雛を蛇に食われたシジュウカラとて、人間のように喪失感に苦しんだりはしないのだ。

季節がめぐれば、鳥たちはまた交尾して産卵する。雛が孵る。孵った雛たちの何割かは、雨で巣から落ちたり、カラスにやられたり、蛇にのまれたりして短い生命を終えるが、多くは無事に巣立っていく。

その強靭さも不思議なら、死期が近づくと森のどこかに、山のどこかに姿を消して、その無残な死骸を決して人に見せないのも、生き物たちの不思議だった。

このあたりには、幾多《いくた》の生命が息づいているはずなのに、道端や叢《くさむら》に彼らの死骸がむざむざと転がっているのを女は見たことがない。

事故や他の動物の攻撃で絶命したもの以外、生き物はすべて、自分の生命を大地に返すという本能をもっている。

病院で、管という管につながれて、薬づけになって、一日中、殺風景な病室の壁を眺めながらさびしく死んでいくのは真っ平だ、と女は思う。自分もまた、死期が近づいたら生き物たちにならって姿をかくそう、とひそかに決めている。

そんなふうに生きてきた女が、この地を去ることになって初めて、庭に美しい野生のテンが現れたのだった。そのことに女は深い感動を覚えた。

キャットフードの、少し古くなったものが残っていたことを思い出した。テンはたぶん雑食だから、喜んで食べてくれるかもしれない。そろりそろりと女は後じさった。古い床板が音をたてた。

キャットフードはキッチンの、物入れの中に入れてある。昨年、鳴り物入りで新しく発売され、飼っている虎猫が喜ぶかと思って買ってやった。だが、自分同様、老いている猫は、食べなれていない餌には見向きもしなかった。

右の踵《かかと》を床から離し、そっと後ろにつけた。次に左の踵を同じようにし、三、四歩だけだったが、後ろ向きに歩いた。床がまた、ぎしり、と音をたてた。

テンは女の動きを察し、動きを止めた。女が立っている部屋のカーテンは、ひどく汚れていたので、すでに取り外し、ゴミ袋の中に押し込んである。そのため、目隠しになるものが何もなく、女の動きは逐一、テンに伝わるようだった。

テンはわずかに、ぴくっ、と身体を震わせるようにしたかと思うと、素早く向きを変えた。尾をなびかせながら逃げ去る速さは、風のごとくだった。琥珀色の美しい風が、夜の庭を吹き抜けていったように見えた。

翌日の晩、女は不要になった陶器のボウルにキャットフードを山盛りにし、庭に出してやった。引っ越しのための片づけ物をしている間、テンは現れなかったが、翌朝見ると、ボウルはきれいに空になっていた。

その晩もまた同じことをした。部屋の明かりを消して、しばらくの間、テンが現れるのを待ってみた。だが、女が起きている間、その晩もまた、キャットフードを食べに来るテンの姿を見ることはできずに終わった。

翌朝は、雨が降りしきっていた。前の晩と同様、空になったボウルに雨水がたまっているのが見えた。

ここにいられるのもあと少しだった。今夜は、餌を入れたボウルをベランダに置いてみよう、と女は思った。うまくすれば窓ガラス越しに、目と鼻の先で、餌を食べに来たテンを見ることができるかもしれない。

そう思うと、にわかに楽しくなった。夜が待ち遠しかった。

互いに離婚届にサインした日、夫は珍しく町には出かけなかった。その翌日も翌々日も家でじっとしていた。心なしか顔色が悪かった。

四日目の朝、別室で寝ていた夫は午後になっても起きて来なかった。

部屋のドアをノックしてみたが、答えはなかった。夫はパジャマ姿のまま、ベッドから半身を落とし、息絶えていた。

死亡理由が不明だったため、夫の亡骸《なきがら》は行政解剖に附された。急性心不全だった。

心臓が悪いという話はひとことも聞いていなかった。互いに身体の話、健康状態の話をしなくなって長いから当然とはいえ、あまりに意外な結末だった。あんなに別れたいと思ってはいたが、こんなふうに別れるつもりは毛筋ほどもなかったのに、と女は思った。

最後の最後まで自分勝手な男だ、私はずっと、あの男にふりまわされていたのだ、と思ったが、そんな子供じみた怒りは長続きせず、あとには深い喪失感だけが残った。離婚することになっていた夫に死なれて涙を流すのは、あからさまな孤独を自分で自分に突きつけたような気がしていやだったが、涙は容赦なく流れた。

夫が遺したペンションを再開させよう、という殊勝な気分になるのに、数ヵ月を要した。娘からは、「馬鹿じゃないの」と言われた。あんなにいやがってたのに。その年でまだ、そんなことをやる気なの？ 熊やイノシシが出るようなところで、おばあさんになっても生きていく気？ 信じられない。

ほんとはね、あんたに手伝ってほしいのよ。ここで一緒に暮らしたいのよ。そう言いたくなるのをこらえた。女は「大丈夫だから」と言って電話を切った。切った後で、猛烈に腹がたった。

熊やイノシシが出るようなところで暮らして何が悪い。動物だけを相手に暮らして何が悪い。これまで我慢に我慢を重ねて生きてきたけど、私だって自由に生きたいのよ。だからこれからは、自分の好きにやるのよ。

しかし、今になって考えてみれば、そんなふうに意地を通そうとしたのは、ただ単にこの庭から離れるのがいやだったからかもしれない、と女は思う。娘に言われるまでもなく、ペンションも土地もとっとと売り払い、好きな土地に行って暮らせばいい、とわかっていた。だが、女はどうしても、それができずにいたのだった。

夫はろくに財産を残さなかったが、生命保険金が入り、いくらか生活の不安は解消された。女はその金を使い、人を雇った。国道沿いにある町に住む四十代の主婦で、炊事洗濯掃除が大好き、というふれこみだったが、雇い主である女とはまもなくうまくいかなくなった。

その主婦が陰で「こんな古くさい流行遅れのペンションに、いまどき、お客なんか誰も来るわけがない」という内容のメールを主婦仲間に送り続け、給金が安いだの、客が来なくて暇にしているのに、どうでもいいような用事ばかり押しつけられる、といった悪口をふれまわっていたことが、女の耳に入ったからだった。

主婦をクビにし、女はペンションを畳むことに決めた。主婦が言っていた通り、客はほとんど来なかった。誰も来ないペンションを維持していくための金策も尽き果てていた。

老巧化した建物は言うに及ばず、土地もなかなか買い手がつかないまま時が流れた。ここでずっと一人で暮らし、老いさらばえ、虎猫と一緒に静かな最期を迎えるのだ、と思ったこともあるが、馬鹿げたことに、そうするためにもやはり、金は必要なのだった。

住みなれた東京に戻る、という選択肢しか残っていないのは自明の理だった。女は、娘に黙って、娘の住む町の近くに安い賃貸マンションを見つけ、いったんそこに居を移すことに決めた。

狭いが、ペット可、というマンションだった。老いぼれた虎猫も連れて行けるのがありがたかった。なにより、娘の住まいの近くに越せば、いつか自然に娘とも垣根をはずして交流できるのではないか、という淡い期待があった。だが同時に、そんなことは万にひとつも起こらない、ということが女にはわかっていた。

人生なんて、こんなもの。女は時々、自分に言いきかせるようにつぶやいた。こんなもの、こんなもの。だからって、悲観する必要もなけりゃ、絶望することもない。生き物はみな、こうやって生きている。せっかく餌を運んで育てていたのに、蛇に雛をのみこまれてしまったシジュウカラ。出入りの食料品屋の軽トラックに轢《ひ》かれて死んだ、大きなヒキガエル。何か悪いものでも食べたのか、庭の外れの叢《くさむら》で、口から血を流して倒れていながら、よたよたとどこかに歩き去って行ったハクビシン。そうだ。生き物はみな、そうやって生きている。どんな最後を迎えようが、どんな悲運にあおうが、文句ひとつ言わずに生きている。

そう考えると、女はいくらか救われた。そしてまた、なんとかして生きていこうと思えるようになるのだった。

キャットフードをいれたボウルをベランダに出してやった日の晩のこと。十時半ごろだった。納戸で不用品をゴミ袋に捨てていた時、女のそばで毛づくろいをしていた虎猫が、急に全身を細くし、ぴんと両耳をたてた。

どうしたの、と問いかけてみたが、応えなかった。猫は女のほうを見向きもせずに、納戸を出て行き、ベランダのあるホールのほうに音もなく走って行ったかと思うと、窓ガラスを前にしてぴたりと動きを止めた。

ホールの明かりは消えていたが、ベランダには外の電灯を灯してある。そのため、スポットライトを浴びたかのように鮮やかに、一匹のけものが女の目に飛びこんできた。

テンがボウルに顔を突っ込むようにし、キャットフードをすさまじい勢いで食べていた。汚れで曇ったガラス越しに、かりかりという威勢のいい歯音が聞こえてきた。

時折、顔をあげ、女のほうを窺う。目と目が合う。愛らしさの奥に獰猛《どうもう》さを秘めた黒い二つの目。猫が興奮のあまりか、凍りついたように一切の動きを止めている。

庭の正面の、少し高台になっている一角にカラマツの木々の群生が見えている。未だ冬枯れたままの、その細い針のような枝に、冴え冴えとした黄色い月が懸かっている。いびつな卵のような形をした臥待《ふしまち》月《づき》である。

テンは餌をかじっては顔をあげ、ガラス越しに女と猫を見つめ、またボウルに顔を突っ込む。かりかり、かりかり。せわしなく食べ続ける。

若く健康そうなテンだった。雄なのか雌なのか。繁殖の季節がもうじきやってくるのか。

月明かりを受けた森が青白く浮かびあがっている。女は息を止めるようにしながら、テンと月と夜の森を交互に見つめた。

自分自身がすでに、こちら側ではない、あちら側の世界にいるように感じられた。森も大地も夜空の月も、そしてテンも、女とひとつになっていた。たおやかで温かな、これまで感じたことのない優しい想いが女の中に湯のように拡がった。

死んでいった者たち、自分もふくめ、まだ死んではいないが、いずれ必ず死んでいく者たちに想いをはせた。死も生も、何ほどのこともないように思えた。

女の足元で身を固くしていた虎猫が、ぐぐっ、と威嚇《いかく》するように低く喉を鳴らした。テンがボウルから顔をあげた。虎猫が老いぼれとは思えないほどの勢いで立ち上がり、後ろ足で立つと、前足でガラスをひっかいた。

次の瞬間、テンは機敏な動きでベランダから飛び降りた。怖がっている、という様子はなかった。ただ、かかわるのは面倒だから、と言っているようにしか見えなかった。

美しい琥珀色の生き物は、リズミカルに愉しげに飛びはねながら、庭を駆け抜けていった。群青色《ぐんじょう》に染まった夜の向こうに、その姿がにじみ、とけていくのを女はこのうえもなく安らいだ気持ちで見送った。あとには音も気配もなかった。ただ、しんしんと静かに大地を充たす、月の光だけがあった。

千日のマリア

秀平《しゅうへい》の義母、美千代《みちよ》が息を引き取ったのは、梅雨が始まったばかりの、湿った六月の早朝だった。

複数のガンに冒されて、手の施しようもなくなっていることがわかったのは半年前。積極的な治療は受けようとせず、最後の最後までひとり暮らしを続け、漸《ようよ》う動けなくなってから入院した。入院後、わずか五日で静かに生命の火が燃え尽きた。七十四歳だった。

病んでいたとはいえ、これほど呆気《あっけ》なく逝ってしまうとは意外だった。当然のことながら、秀平も妻の晃子《あきこ》も、葬儀のことなど考えてもいなかった。

密葬にする、といきなり言い出したのは晃子だった。亡骸《なきがら》と共に霊安室に移動し、夫婦で放心していた時だった。

息絶えて間もない母親の手を握り、さんざん泣いた後だったので、晃子は目を腫《は》らしていた。何かの虫に瞼《まぶた》を刺されでもしたかのようだった。

「密葬？」と秀平は訊き返した。

霊安室には、まぶしいほど明るい蛍光灯が灯《とも》されていた。妻と並んで座った紺色の長椅子は、表面がビニール張りで、どことなくべたべたしていた。

「なんでだよ」

「なんで、って、盛大なお葬式なんか、もう時代遅れでしょ。静かに見送ってあげたいじゃない」

秀平は、左手首から先を若かったころの交通事故で失っている。よくできている義手を装着してはいるが、義手は動かすことはできないし、むろん、触感も伝わってこない。

その義手のてのひらで、長椅子に張られたビニールを無意識にこすりながら、彼はストレッチャーの上の、死んで間もない義母を見つめた。「……おれは反対だな」

「どうしてよ」

「時代遅れかどうかなんて、関係ないよ。流行に振り回される必要なんかないだろう。親の葬式の出し方まで、そういうのに左右されるのはおかしい。ふつうでいいよ、ふつうで」

晃子は怪訝《けげん》な顔つきで、ねめるように彼を見た。秀平は常日頃、葬式に金をかけるのは馬鹿げている、自分の時はなんにもしないでいいから、そのまま火葬場に連れてってくれ、と言ってきた。

それなのに、どうして急に殊勝なことを言い出したのか。別にいいけど、そのお金、誰が出すのよ、とでも言いたげに、晃子は腫れた目でじろりと彼を一瞥《いちべつ》した。

そんな妻を前にしていると、なおのこと秀平は、義母を盛大に弔《とむら》ってやりたくてたまらなくなった。いいよ、金ならおれが全部出すよ。そう言いかけて、慌ててその言葉をのみこんだ。

晃子の父親、水野正一《みずのしょういち》は、五十になった年に建設会社を早期退職し、洋食レストラン「キッチンみずの」をオープンした。晃子が高校二年になった年のことで、洋食屋を開くのが父の若いころからの夢だった、という微笑ましい話は、後に晃子と交際を始めた時、秀平も何度か耳にしていた。

レストランとは名ばかりの、七、八人も入ればいっぱいになってしまうほど小さな、カウンターだけの店だった。駅前商店街にあるとはいえ、路地を曲がった奥のつきあたりに位置していて、目立たない。それなのに、開店直後から予想外の繁盛ぶりを示したのは、味はもとより、夫婦でささやかに賄う店の家庭的な雰囲気が、地元の人気を集めたからだった。

だが、秀平が晃子と結婚し、「キッチンみずの」から歩いて五分ほどの小さなマンションで暮らし始めた翌年、正一が外出先で倒れた。心筋梗塞だった。

あいにく倒れたのが駅構内の男子トイレで、たまたま周囲に人が誰もおらず、発見されるのが遅くなった。病院に搬送された時はすでに手遅れになっていた。

突然のことに、美千代のショックは傍で見ていても痛ましいほどだった。魂を抜かれたようになって、日がな一日、ぼんやりし続け、何も手につかない、といった様子だった。店は休業状態のまま放っておかれた。

これでは、店の継続は難しいだろう、閉めてしまうのかもしれない、と誰もが思った。美千代の精神状態を案じ、蔭でこっそり娘の晃子に、「変なまねをしなけりゃいいが」と言い出す者まで現れた。

だが、正一の四十九日法要を終えて、十日ほどたったころのこと。あたかも病み衰えていた鶴が回復して羽を拡げ、天に向かって首を伸ばした時のように、美千代はすっくと立ちあがった。

美千代は古い友人、富田好子《とみたよしこ》をパート従業員として雇い入れた。好子に手伝ってもらいながら、調理はもちろんのこと、仕入れ、売り上げの計算、なんでもこなした。

ハンバーグやスパゲティナポリタン、ポークソテー、オムライス……古きよき時代から伝わってきた気取らない洋食の数々は、人々に飽きられることがない。美千代の手で作られる料理の数々は、かつての固定客はもちろんのこと、新しい客をも短期間のうちに魅了していった。

もともと痩せ型ではあったが、病を得るまではめったに風邪もひかないほど丈夫だった。朝から晩まで立ち働いて、客の話に耳を傾け、ころころと屈託なさそうによく笑った。

着るものは質素で、いつもブラウスに紺色か灰色のスカート、といった装いだったが、それが美千代にはよく似合った。整った顔だちのせいか、髪振り乱しているようには見えない。いかなる繁忙期でも、美千代は常に、おっとりとした優しい印象を人に与えた。

しかも、年齢よりはるかに若く見えた。もって生まれた奥ゆかしい色気もあったから、老いの道に入った男たちを中心に、憧れのマドンナのように扱われた。

二十二年前の、あの交通事故さえなかったら、と秀平は今も時々、禁忌の扉をおそるおそる開くようにして、当時のことを思い返す。

もし事故にあわなければ、彼にはまったく別の人生が約束されていたはずだった。美千代とはあくまでも義理の親子として、遠く近く、礼儀正しくかかわりあっていたことだろう。何より自分の中の恐ろしいもの、それまで知らずにきた、神をも恐れぬ罪深い一面を直視させられることもなかっただろう。

晃子と結婚して四年後の秋だった。美千代の運転する車が交差点を右折しようとして、直進してきたトラックと側面衝突した。

助手席には秀平が乗っていた。美千代は奇跡的に軽傷ですんだというのに、秀平だけが左手首から先を切断しなければならなくなる、という大怪我を負った。

生命には別状なかったものの、以後、彼の人生は激変した。重い抑《よく》鬱《うつ》状態に陥り、晃子との関係も急速に悪化した。連日、原因のわからない頭痛と吐き気に悩まされ、そのせいで会社勤務を続けることも不可能になった。彼は依願退職し、おれは作家になる、などと妻に愚《おろ》かな宣言をして家に閉じこもった。

文章を書くことは好きだったから、本当に作家になるつもりだった。高額の賞金で知られる新人賞に応募するための小説を山ほど書いてやる、とうそぶいた。組織で働き、人と会い、おべっかを言いながら汗水たらして営業成績をあげ、そうやって左手のない人生を送るのは真っ平だった。

美千代は責任を感じるあまり、気の毒なほど彼にへつらってきた。哀れですらあった。ことあるごとに秀平に頭を下げた。本当にごめんなさい、どうやって償《つぐな》えばいいのか、とかすれた声で言った。

あやまってすむと本気で思ってるんですか、とある時、秀平は思わず冷たく言い返した。そんなことは言ってはならない、あれは恐ろしく不幸だが単純な事故であり、決して彼女に非があるわけではない。そうわかっていても、気持ちが抑えられなかった。いつのころからか、昼間から飲み出す習慣のついた酒のせいかもしれなかった。

あんたはもともと、運転に向いてなかったんですよ。いつも危なっかしかった。よくそんな鈍《にぶ》さで、免許がとれたもんだ。ブレーキやアクセルのタイミングが悪い。悪すぎる。右折左折の仕方もわかってない。どうしてあの時、右折の途中で急にブレーキなんか踏んだのか、いくら考えても、おれにはわからないよ。青信号で直進してくるトラックが、すぐそこに見えてたはずでしょう。疲れていて、アクセルを踏んだつもりがブレーキだった、なんて言ってたけど、そんな馬鹿げた間違いをするくらいなら、なんであの日、おれに運転させてくれなかったんですか。大丈夫大丈夫、なんて言いやがって。おれに運転させてくれていたら、おれはこんな目にはあわなかったんだ。

ごめんなさい、ごめんなさい……と美千代は涙をこぼしながら言った。本当に全部、私のせいよ、私のせいなの、と繰り返した。

みじめで哀れな女を演じているだけのように思えた。もっと役に立つこと、おれを救うことが言えないのか、と思った。足蹴《あしげ》にしてやりたかった。

しかし、秀平が何を言おうが、美千代はもくもくと、身を粉にして甲斐甲斐《かいがい》しく彼に尽くした。それが彼にはうっとうしくてならなかった。不快きわまりなかった。

彼は時に容赦なく罵《ののし》った。酔った勢いでつい、おれの前から消えてしまえ、このくそばばあ、と怒鳴ってしまったこともあった。

それでも美千代は決して諦《あきら》めなかった。遠く近く、変わらずにそばにいた。彼を理解し、彼を支えようとした。ひるまなかった。怯えた顔すら見せなかった。娘の晃子に告げ口ひとつしなかった。彼から投げつけられた言葉の数々を自らの胸の内におさめ、いつもやさしく、さびしげに微笑していた。

当時の美千代を思い返すと、秀平は今さらながら不憫《ふびん》でならない。あれほど美千代をいじめてしまうことになった自分の心の弱さ、醜さに改めて烈しい嫌悪をおぼえた。恥ずかしかった。だからこそ彼は、なんとしてでも美千代には、立派な葬式を出してやりたいと思ったのである。

そりゃあ、ひっそり家族で見送るのもいいさ、と彼は霊安室で注意深く晃子を説得し始めた。

確かにそれも気持ちがこもったものになると思うよ。でもさ、お義母さんが一番輝いてたころのお客さんたちにも焼香に来てもらったほうが、お義母さんも喜ぶんじゃないのか。第一、お客さんたちだって、最後の別れがしたいだろうよ。お義母さんは、「キッチンみずの」っていう名前の、小さいけど立派なコミュニティを引っ張っていける人だったんだ。お義母さんを慕って、お義母さんの料理を楽しみに食べに集まってくる人が大勢いたんだ。すごいことだよ。すばらしいことだよ。だからさ、常識的に言ったら、生前、お義母さんとかかわりのあった人たちを招くのが筋じゃないのか。

秀平が力をこめてそう言うと、晃子は「コミュニティ?」と訊き返し、少しばかにしたような表情を浮かべた。大げさ、と言わんばかりだったが、こんな時に秀平にたてつくことは避けたかったようで、最後には「そうね。そうかもしれない」としおらしくため息をついた。

「あなたの言う通りかも」

とはいえ、経済的な問題があった。義母のためなら、いくらだって払ってやりたい、という気持ちはあったが、気持ちばかりで、現実の秀平にそれだけの余裕はなかった。

したがって、ここでもまた、妻の晃子の蓄えを頼りにしなければならなかった。

晃子は一人っ子で兄弟姉妹がいない。そのため、喪主である彼女が葬儀のための費用を請け負うのは当然とわかっていながら、秀平は相変わらず不甲斐ない立場にいた。ふつうなら、義理の息子である自分が、妻の母親の葬儀費用の半分……いや可能なら全額を負担してやるのが筋というものだろう。

しかし、ない袖は振れなかった。五十二歳になった秀平の収入は、無職だった三十二歳だったころに比べればはるかにましだが、それでも晃子のそれに追いつけるはずもなかった。

作家になる、と宣言はしたものの、小説を完成させたことすらない。新人賞に応募したこともない。書きあぐねているうちに時間が流れた。現在は、もうそんな夢も捨て、学生時代の友人が経営する小さな映画制作会社で仕事をしている。地味な映画のシナリオを書いたり、雑用に走ったりして小金を稼ぐのが精一杯の人生。蓄えなどあろうはずもなく、義母の葬儀は、万事、妻に任せるしかなかった。

晃子はセレモニーホールをどこにするか決めると、葬儀屋と打ち合わせをした。会場には、ホールの中で最も小さい、三十人収容の部屋が選ばれた。

通夜の日は金曜日で、朝から雨が降っていた。その日から商店街では「プレ・サマーセール」と銘打った、夏を前にした恒例のセールが始まった。店舗を営む人々の最も忙しい時間帯と、通夜の時間が重なった。

そのせいもあってか、通夜は三々五々、親しい人々が集まっただけで終わったが、翌日の昼間行われた告別式では、様子が一変した。

美千代の死は近所のみならず、隣町まで知れわたっていた。狭い会場には、開始時刻になる前から、大勢の参列客が押し寄せた。

「キッチンみずの」の常連客たち。その家族。食材の仕入れ先だった市場の関係者。長年、美千代のファンで、未亡人になった美千代を互いに牽制し合いながらも口説きにかかっていた、商店会の年寄り連中……。

店をたたむ寸前まで、美千代を助けてくれていた美千代の友人、富田好子は、通夜には一人で来ていたが、告別式には娘や孫といった家族を数人、同伴していた。会場はたちまち、参列客であふれ返った。

葬儀屋が頼んだ近隣の寺の住職が、唸るような声で読経を続けている間、人々はもくもくと焼香をすませた。誰もが沈痛な面持ちをしていた。女性たちは例外なく白いハンカチを手に目をうるませ、時折、洟《はな》をすすっていた。

前日までは時に涙ぐんだり、放心したりしていた妻の晃子だったが、気が張っているのか、もう泣いてはいなかった。

晃子と秀平の一人娘、十七歳になる千絵《ちえ》は、黒い薄手のワンピースを着て押し黙っていた。祖母の死を知ってひとしきり泣いて以来、千絵はすっかり無口になってしまった。

いつも仕事で忙しい母親の晃子が家を空けるたびに、千絵は食事を「キッチンみずの」でとっていた。美千代は時に、千絵の母親代わりを務めてもいた。

地方出張しなければならない晃子の代わりに、秀平と共に千絵の小学校の卒業式に行ったのも美千代だった。千絵も美千代を慕っていたから、死別のさびしさは計り知れなかった。

遺族席には美千代の兄夫婦とその子供たち、亡き正一と美千代の遠縁にあたる人々が座っている。その誰とも、秀平は深いつきあいを拒んできた。したがって、見知った顔がある、という程度の認識しかない。

ひと通り、全員の焼香が終わると、喪主の晃子が参列客に挨拶を述べる段になった。晃子は落ち着いた口調で、亡き母の「キッチンみずの」における働きぶりやその料理のうまさを控えめにほめ、母を支えてくれた客たちに丁重な礼を述べた。

みなさんがいてくださったからこそ、母は……と言った時だけ声がふるえ、束の間の沈黙が流れた。晃子はくちびるをわななかせながら目を赤くしたが、すぐに気持ちを立て直した。最後の一礼にいたるまで、喪主としての晃子の挨拶は堂々としていた。

葬儀屋のスタッフが会場を整え、参列客たちに銀色のトレイに載せたたくさんの花を配ってまわった。それぞれひとつかみの花を手に、棺の中の故人と最後の別れをする。ご遺族の方々からどうぞ、と促され、秀平は晃子や千絵と共に、先んじて棺のそばに進んだ。

もう何度も何度も見てきた美千代の死に顔だった。だが、こうやって改めて最後の別れをする段になってみると、秀平は胸ふさがれた。本当にこれが最後、かたちある義母を見るのはこれが最後、と思ったとたん、我知らずこみあげてくるものをどうすることもできなくなった。義母がいとおしかった。懐かしかった。

そっと前かがみになって右手を差し出し、美千代の頰に触れた。義手をつけている左手も使って、両手で美千代の顔を包みこんだ。そのまぶた、そのくちびる、その鼻。ほんのり桜色に色づけされた、蠟を触っているようだった。

胸がしぼられるように熱くなった。涙があふれてきた。嗚咽《おえつ》がこみあげ、こらえてもこらえても慟哭《どうこく》が止まらなくなった。

隣にいた妻の晃子が、彼のふるまいに刺激されたか、声をふるわせて泣き始めた。妻の泣き声のほうが大きかった。

洟をすする音があちこちから聞こえてきた。美千代の亡骸はみるみるうちに、色とりどりの花で埋め尽くされていった。場内に流れていた静かなクラシック音楽が、まるで、ありふれた芝居の見せ場のようにひときわ大きくなった。

晃子が秀平を押しのけるようにして自分の居場所を確保すると、美千代の頭を撫でながら大きく身体をかがめた。お母さん、お母さん、と涙声で呼びかけた。

秀平は棺から離れた。義手ではないほうの右手を使って、素早く涙をぬぐった。その時だった。

花に埋もれた義母が横たわる棺の、向こう正面に立っていた娘の千絵と目が合った。千絵はじっと彼を見ていた。泣いていなかった。気のせいか、冷ややかなぞっとするような視線が、束の間、彼を射抜いていった。

何か冷たいものが、すうっと背筋を流れていくのがわかった。貧血を起こす寸前のように、頭がわずかに揺れ、胸が悪くなった。時間が急速に巻き戻され、その烈しい渦の中に吸い込まれて、気が遠くなりそうになった。

恐ろしい考えが秀平の中に生まれた。声にならない声……自分の声のようでいて、自分の声ではない、誰かの声、天の声が耳元で反響した。

『この子はあれを覚えているのではないだろうか』

全国各地をまわり、小さな会場を借りて通信教育講座の教材を売って歩く、というのが晃子の仕事だった。

本社は東京にあり、カルチャースクールも併設している。通信教育講座の契約数に応じて給料が上がる、というシステムがとられているが、晃子は初めから、契約数上位ナンバー3の座を譲《ゆず》ったことがなかった。

週のうち金曜から月曜まで、丸四日、指定された町に行ってビジネスホテルに宿泊し、地元の小さな会場に人を集めては、通信教育講座の説明会と教材の販売を行う。講座は現代国語、古文、英語、世界史、日本史、美術など多岐にわたった。

通信教育なので、そのつど勉強の成果は添削されて返される。半年に一度は、有料だが、都内で特別に専門講師を招いての各科目の講義も行われる。大学や専門学校の受験に関する相談センターも、優先的に利用できる。

そのための説明会を行い、個別の相談にも乗り、めでたく契約成立させる。それが晃子の仕事なのだった。

都市部のみならず、地方の小さな町もまわって歩く地味でハードな

仕事とはいえ、契約を複数成立させれば、自動的に収入が上がってい
く。週のうち半分、家を空けることにはなるが、代わりに残った半分
は完全に休むことができるというのも、考えようによっては利点だっ
た。

思ってもみなかった交通事故で左手を失い、自暴自棄になって勤め
まで辞めてしまった夫の秀平を養うため、晃子は仕事に没頭した。休
んだのは、千絵の出産をはさんだ二年間だけだった。

「キッチンみずの」の二階には美千代の住まいがあった。美千代が
店に出ている間、無人になるので気兼ねなく使える。しかも、食事は
美千代に作って運んでもらえる。風呂の準備、寝床の準備、洗濯、何
もかも、母に任せることができる。

まだ千絵が生まれる前のこと。晃子は自分の留守中、家に閉じこもるばかりの秀平を案じ、彼の世話を母親に頼んだ。お母さんが近くにいてくれて、本当によかった、と言うのが当時の晃子の口癖だった。しかし、秀平に言わせれば、晃子のその考えは、度し難く無神経なものだった。

不幸の原因を作った当の相手にかしずかれ、寝食の世話をされる、ということが、いかに煩《わずら》わしいか。どれだけ彼の中にあるサディスティックな気分を、助長させることになるか。妻が何も気づいていない、ということに彼は苛立った。

美千代は秀平が好きなように顎で使える使用人ではなかった。まして、わがままをぶつけられる実の母親でもない。美千代は妻の母親、という関係にあるだけの他人であり、そのうえ彼にとってはいつまでも、加害者なのだった。

それでも晃子の留守中は、食事を作るのはおろか、晃子が用意していってくれたものをレンジで温めることすら面倒だった。かといって外に食べに行くだけの気力もわかず、そうなると、一日中、酒を飲み続けることになる。着のみ着のままで、寝たり起きたりを繰り返し、晃子が帰宅するまで、廃人のようになって時間をやり過ごすことになるのは目に見えていた。

そうなるのを避けたいと思っていたわけではない。避けるべきだ、と自分を戒めたわけでもない。当時の彼は、ものごとに抵抗したり、拒絶したりする意欲すら失っていた。

拒絶すれば、「どうして」と妻に詰問される。「私がこんなに心配しているのがわからないの」と言われ、泣かれる。

おれを母親に預けるのか。赤ん坊みたいに？　おれはガキか？　世話されなければ何もできない落伍者なのか？　酒を飲もうが、風呂にも入らず、垢まみれになってごろごろしてようが、おれの自由だ。おれにかまうな。

そう怒鳴りつけたかったのだが、秀平は声を発するエネルギーもなくなっていた。黙って従っているほうが楽だった。

彼は妻に言われるまま、毎週金曜日になると、午後、美千代のところにとぼとぼと通うようになった。そして翌週の月曜の午後まで「キッチンみずの」の二階の、彼のために用意された日当たりのいい部屋にとじこもった。光がうっとうしかったので、日が射さないようカーテンをぴったり閉じ、小暗い中で卓上ライトだけを灯し、本を読んだり、スポーツ紙を斜め読みしたり、原稿用紙を前にじっとしていたり、寝ころがって天井を見上げたりしながら一日を過ごした。

明るいうちから飲まないで、と晃子から厳しく言われていたが、毎回、自宅からスキットルにウィスキーをなみなみと注ぎ、隠し持っていった。

スキットルが空になると、美千代に黙って自宅まで戻り、再びウィスキーを注ぎ足して持ち帰った。ウィスキーの瓶をそのまま持参することもあった。それもなくなると、自分で酒屋まで行き、新しい瓶を買った。美千代は見て見ぬふりをしていた。

そんな自堕落な生活を送るようになってしまったのは誰のせいでもない、自分のせいだ、ということはわかっていた。かといって不運に次ぐ不運に見舞われてばかりの自分の運命、自分自身の性格を呪っても詮ないことで、それを忘れようと思えばつい、酒に手がのびてしまう。

飲んでいる時はいくらか気分が楽になる。だが、深酒が過ぎると頭痛が烈しくなり、再びいっそう何もかもが呪わしく感じられるようになるのだった。

思えば、なんとも面白くない人生だった。

両親は彼が小学校五年の時に離婚し、彼は会社員だった父親に引き取られた。保険の外交員をしていた母親が、スナックで知り合った男と深い仲になったからだった。

彼は父と二人で暮らしながら、朝な夕な、母が自分を迎えに来てくれることを夢見ていた。母が恋しくてならなかったのだが、母は迎えに来るどころか、彼の様子を見に来ることすらなかった。そのうち杏《よう》として行方もわからなくなった。

父親との間で、どんな話し合いがあったものやら、母の妹で、秀平の叔母にあたる女が毎日通って来るようになった。叔母は洗濯や掃除をし、料理も作り、おやつも用意してくれた。

秀平が高校に入学したころ、父と叔母が男女の仲になっていることがわかった。叔母が父の子を宿し、流産して数日、入院を余儀なくされたため、ことが明るみに出たのだった。

嫌気がさして彼は家を出ようとしたが、父に強く引き止められた。秀平は父に向かって交換条件を出した。このままおれに家にいてもらいたいなら、大学に進学させろ、学費を払え、と詰め寄った。父は了解し、その約束を守った。

あまり程度はよくなかったが、学費もそれほど高くない私立大学に入学を果たしてから、事故にあうまでの十一年間が、自分の人生の中でもっとも華やいでいた、と彼は思う。それは輝かしい、希望に満ちた十一年間だった。

家を出て大学の寮に移り、酒をおぼえ、夜な夜な仲間と楽しく会話しながら痛飲した。様々なアルバイトをして小遣い銭を稼ぎ、気ままに講義に出ているうちに、同じ学部の同級生だった水野晃子と恋におちた。

晃子は、はきはきとしたテンポのいいしゃべり方をする娘で、一人っ子というわりには、面倒見がよかった。くるくると元気よくまわる、大きな澄んだ目、歯並びのきれいな口もとが魅力的だった。

深くかかわっていくうちに、将来の話が出始めた。二人は結婚の約束を交わし、秀平は緊張しながら晃子の両親に挨拶に行った。

「キッチンみずの」の二階にある居住スペースで、初めて美千代と対面した時のことを彼は忘れていない。世の中にこれほどきれいで清潔な、感じのいい母親がいたのだ、という事実を受け止めるのに、時間がかかかった。

ひっつめ髪にし、ほとんど化粧のあとが見えなかったが、陶磁器のように澄んだ肌をした、顔の小さな美しい女だった。娘の晃子によく似てはいたが、晃子にはない女らしい色気に満ちていた。

しかもそのすべてが巧妙に隠されており、表向きはあくまでも楚々《そそ》としている。シャツブラウスの前ボタンを全部とめ、膝が隠れるスカートをはいてソックスでくるぶしを隠し、羞《は》じらいながら目をふせてしまうようなところがある一方で、美千代の物腰には男を刺激してやまない、永遠の色香が感じられた。

話し方はやさしげで、常に目を細めて微笑している表情がなんとも控えめである。受け答えや相手に対する気遣いの仕方にも、疑いようのない人柄のよさ、愛情深さが表れていた。

晃子と結婚すれば、この人が自分の義理の母親になってくれるのだ、自分に新しい家族ができるのだ、と秀平は思った。嬉しかった。品のなさを売り物にするかのように、派手な服装、派手な化粧で外を飛び回り、あげくの果てに息子を捨てて行方をくらました実の母を思い出すと、それは夢のような話だった。

大学卒業後、秀平は中規模の製紙会社に就職を果たした。営業部に配属され、仕事も人間関係も活気にあふれた毎日が始まった。

晃子との交際は順調に進展し、二人は共に二十六歳になった年に結婚した。挙式は都心のホテルで執り行い、友人はもちろん、秀平の勤務先の上司や同僚、すでに通信教育講座の教材販売の仕事を始めていた晃子の関係者らを招いた。

ウェディングドレスに身を包んだ晃子は、これまで彼が知っているどの晃子よりも魅力的だった。自分たちを見守る義父母の目は優しかった。とりわけ貸衣装だという留め袖に身を包んだ義母の、かつての銀幕女優を思わせる美しさは比類がなかった。

仕事でも私生活でも、問題は何ひとつ起こらなかった。生きていることに満足して床につき、朝になれば新しい一日を迎える喜びが全身を充たしていく。そんな奇跡のような日々が続いた。

望んでいた会社に就職し、好きになった女と結婚して、理想的な義父母と良好な関係を築いた。仕事にも熱が入った。そのおかげで、同期入社した誰よりも格段に高く評価された。

生まれてから二十数年。やっと手に入れた幸福だった。彼のその、輝かしい本物の人生は始まったばかりで、永遠に終わらないはずだった。

結婚の翌年、義父が急死して、義母が悲しみに打ちひしがれた時だけ、かすかな暗雲の兆しを感じたが、それもわずかな間に過ぎなかった。義母はまもなく元気を取り戻し、「キッチンみずの」はそれまで通り、営業再開にこぎつけた。義父のいなくなった店に笑い声が絶えなくなるまでに、さほど時間はかからなかった。

店が再び軌道に乗ると、美千代は車の免許をとりたい、と言い、教習所に通い出した。もともと動作がおっとりしているほうだったので悪戦苦闘していたが、時間をかけて美千代はついに運転免許を取得した。後に事故を起こす中古の小型車を購入したのも、その直後である。

車の運転をするようになると、美千代は秀平や晃子を助手席に乗せたがった。あの日も同様で、晃子が地方出張している日曜日、店の休業日だったのをいいことに、美千代はわざわざ秀平に電話をかけ、何か買い物の予定はないか、と訊ねてきた。

何もない、と答えれば義母をがっかりさせる、と思った。ついつい、ドライブにつきあいますよ、と答えてしまったのが運のツキだった。

誰のせいでもなかった。たとえ美千代の運転技術が未熟だったのだとしても、それだけが事故の原因とは思えない。恐ろしい事故だったが、それまた、ただの偶然。運命。宿命。誰の身にもふりかかる可能性のある不幸。そんなものだったと考えるしかなかった。

それなのに、肉体の一部を失ってから、秀平は自分をコントロールすることができなくなった。事故により深手を負ったのは肉体ではない。彼の精神だった。

　秀平が三十二歳、美千代が五十四歳になる年の七月。いつものように金曜日に晃子が出張に出て行き、残された秀平は美千代のところで過ごしていた。

　金曜と土曜はふだん通りに過ぎていった。昼食どきと夕食どき、階下の店からはフライパンで何かを威勢よく炒める音、客とやりとりしながら笑う美千代の声、食器の音などが絶え間なく聞こえてきた。

　そして翌日曜日。ふだんなら日曜日は定休日になるのだが、前日から商店街の夏祭が行われており、近隣のなじみ客に頼まれて、美千代はランチタイムに限り、店を開けていた。

　梅雨が明けた直後で、暑い日だった。秀平にあてがわれた部屋には古いエアコンがつけられていたが、その日、どうしたことか、うまく作動しなくなった。

叩いても電源を抜き差ししてみても、直らない。室内はたちまち蒸し風呂のようになった。秀平の苛立ちは、まずそこから始まった。

電気屋を呼んで修理してほしい、と頼むために階下に降りて行くのはいやだった。客や、カウンター内にいる富田好子と顔を合わせ、挨拶を交わすなど、もっての外《ほか》だった。

仕方なく窓を大きく開け放った。外の夏の光とともに、油蟬の声がなだれこんできた。

風のない日の午後で、しかも陽差しが強く、窓を開けると余計に部屋が暑くなる気がした。汗が吹き出した。彼は着ていたTシャツを脱ぎ、上半身裸になった。

冷えたビールが飲みたいと思ったが、二階の居住スペースにある台所に行くのも億劫だった。彼は畳に腰をおろして大きく足を投げ出し、壁にもたれたまま、持参したウィスキーをちびちびと飲み続けた。飲めば飲むほど、苛立ちが増した。何がそんなに苛々するのか、自分でもよくわからなかった。油蟬の声がうるさかったからかもしれなかった。

外に出かける時以外、義手は装着しない。彼は左腕の先端をぼんやり見つめた。そこにはただ、骨を被っている皮膚が作った、不自然な丸みがあるだけだった。

階下でひときわ大きな笑い声が弾けた。客が帰って行く気配があった。秀平はまたウィスキーを口にふくんだ。

静かになった店からは、水を使う音、食器のあたる音などが聞こえてきた。合間に美千代と富田好子の話し声がしたが、それもやがてなくなった。好子が帰って行った後、階下では物音がしなくなった。

ややあって、階段を登ってくる足音が聞こえた。

六畳の和室の戸口に立った美千代が、「あら」と言った。手にした丸盆に、氷の浮いた白い飲み物が載せられているのが見えた。カルピスのようだった。「どうしたの。珍しいのね。窓をこんなに開けて」

美千代の視線が、秀平の手にしている、汚れたグラスとウィスキーの瓶に注がれた。ほんのわずかだが、眉間に皺が寄せられたのを彼は見逃さなかった。

「エアコン、壊れちゃいましたよ」と秀平は吐き捨てるように言った。「全然、効かない」

美千代は部屋に入って来た。おかしいわね、と言った。丸盆を畳の上に置いた。水滴のついたグラスの中で、氷がかすかに鳴った。

形ばかりエアコンの冷房機能を確かめてから、諦めたように彼女は秀平と向かい合わせに座った。正座する時、はいていた紺色のスカートが、美千代の腰の形をなぞっていくのがわかった。

「秀平さん。また飲んで。身体を壊すわ」

「いいんですよ。もう充分、壊してるもんでね」

「水割りにもしないでストレートで飲むなんて。ほんとにだめよ。お願いだから、もうやめて」

「小言を言いに来たんですか？　それともおれの裸が見たくて？　偶然ですね。あんまり暑いんで、脱いだとこですよ。どうです。男の裸はしばらくぶりでしょう」

美千代は気の毒なほど困惑した表情を見せたが、それだけだった。気を取り直したように丸盆を彼のほうにすべらせ、「子供の飲み物みたいだけど」と微笑して言った。「暑い時には少し甘みのある飲み物がいいのよ。冷たいカルピス。召し上がれ。遅くなっちゃったけど、お昼の支度はもうできてるから、これを飲んだらすぐに……」

「カルピスですか」と秀平はうそぶいた。「酒しか飲まないアル中のろくでなしの婿に、ガキの飲み物なんか持ってくるお義母さんも、たいした度胸ですね。そんなに子供の飲み物を飲ませたいんなら、お義母さん、おれを抱っこして、口うつしでおれに飲ませてくださいよ。そのぐらい、できるでしょう」

美千代はわずかにくちびるを震わせたが、優しく細めた目はそのまだった。「これ、ここに置いておくわね。今すぐ、お昼、持ってきますから、ちょっと待っててね」

立ち上がりかけた美千代を秀平は低い声で制した。「気取るなよ」自分でも何を言っているのか、わけがわからなかった。美千代は気圧されたようになって、彼を振り返った。

「たいしたタマだよな、あんたも。亭主に先立たれて、毎日毎日、飽きずに汗だくになって、おんなじような料理作って、おんなじような客に愛想ふりまいて。おまけに、おれみたいなどうしようもない婿を抱えて、世話係をさせられて。といったって、追いだすわけにはいかないもんな。誰がこの男をこうしたのか、って考えたら、滅私奉公するしかないもんな。それがあんただもんな。でも、いくらおれにサービスしてくれたって、悪いがおれはもう、元に戻んないんだよ。誤解すんなよ。手がなくなったからじゃないんだよ。もともとおれには、あんたたちがふつうに持ってる当たり前のものが、なかったんだよ」

美千代は再び音をたてずに静かに正座し、両手をエプロンの上で握りしめて目をふせた。白い大きなエプロンの、ポケットのあたりにはソースとおぼしき茶色いしみが点々と散っていた。ひっつめた髪の毛が少し乱れ、うなじや頬のあたりにやわらかな毛束が汗で張りついているのが見えた。

「人がいいからな、あんたも。どこまでも人がいいよ、よすぎるよ」と秀平は続けた。止まらなくなった。「晃子におれがここでどうしてるのか、あんたにいつも何を言ってんのか、ぶちまけたって不思議じゃないのに、黙ってる。利口なのか、人がよすぎるバカなのか、おれにはわかんねえよ。晃子に言っておれなんか追い出しちまえばいいのに、自分の娘に食わせてもらってるだけの酒びたりのクズに、飯作って運んで、パンツの洗濯までしてて。あげくの果てに、暑い時は甘いカルピスがいいのよ、ときた。あんた、慈母観音のつもりなのか。聖母マリア様ごっこでもやってんのか」

美千代の細い肩が細かく震えた。膝の上の両手が、エプロンをさらに強く握りしめた。色のうすいくちびるを噛みしめた美千代の頬に、ひとすじの涙が流れた。

涙を見ても秀平は怯まなかった。すまない、とも思わなかった。そんな自分に猛烈に腹が立った。捨て鉢な気分がこみあげた。もうどうでもよかった。窓の向こうの、小さな庭に生えている痩せた柿の木の幹で、油蟬が暑苦しくがなりたてていた。蟬の声以外、何も聞こえなかった。

奇妙な、ねじれたように異常な、どうにも自分でも理解しがたい性的な衝動が彼の中に巻き起こった。唐突に彼は義母を抱きたいと思った。抱かせろ、と思った。凶暴な気分の中で、衝動がふくれあがった。

「脱げよ」と秀平は言った。

美千代がそっと顔をあげ、彼を見つめた。感情のこもらない表情だった。

「脱げ」と彼は繰り返した。声が少し震えた。「脱いで俺と同じに裸になれ」

美千代のくちびるが半開きになった。恐怖のあまりか、それともたしなめようとしたのか、どうすべきかわからなくなっただけなのか、美千代は黙ったまま、追いつめられた小動物のような目を彼に向けた。汗と涙に濡れたその顔を見て、彼は盛りのついた雄と化した。

あとじさりもしない、立ち上がろうともしない、叫ぼうともしない、座ったまま、ただ怯えているだけの義母に向かって、彼は突進した。

着ていた淡い水色の半袖ブラウスに手をかけ、前ボタンをむしりとった。乱暴にスカートをたくしあげた。畳の上に押し倒した。美千代は烈しく抵抗したが、あまりに力がなさすぎて、秀平の若い肉体を押し戻すことはできなかった。

自分がやっていることが信じられなかった。美千代の汗のにおいの中には、安物のクリームや化粧水のにおい、食用油やタマネギのにおいが混ざっていた。

髪の毛を留めていたゴムやヘアピンが外れ、畳の上に美千代のやわらかな髪が放射状に拡がった。仰向けになった美千代のブラウスをはぎとり、ほとんどないに等しい、少年のように偏平になった胸に右手をはわせた。まだ充分に張りのある腰や腹部を撫でまわした。美千代は目を閉じ、眉間に皺をよせた。

無我夢中の交接だった。無数の油蟬が、自分の耳の中で狂ったように鳴いていた。汗が滴り落ち、目の中に入った。美千代がよく見えなくなった。

怒りと怯えと不安、烈しい自己嫌悪を吹き飛ばすかのようにして、一切を終えた時、彼は美千代が自分の下で、無抵抗のまま、逃げようとも暴れようとも叫ぼうともせずに、静かにそれを受け入れたことを知った。

荒い息をつきながら、秀平は美千代から身体を離した。おれはついに狂った、と思った。晃子に罵られ、追い出され、家を出てあてどなく街をさまよい、酔いつぶれたあげく、繁華街の裏通りで自分の汚物にまみれながら死んでいく姿が想像できた。

美千代はしばらくの間、じっと目を閉じ、畳の上に仰向けになったままでいたが、やがてのろのろと身体を起こした。肩まで伸ばした髪の毛が乱れ、首や胸元、化粧の落ちた頬に張りついて、たいそうなまめかしかった。

美千代はそれから、秀平の見ている前で背中を向け、下着をつけた。腰までたくし上げられていたスカートをおろし、ブラウスの前ボタンをはめた。髪の毛を手櫛で整え、とれてしまったボタンの一つを握りしめてから、小さくため息をついた。

それから、膝をそろえて立ち上がった。少しよろけそうになったが、転ぶことはなかった。華奢《きゃしゃ》な腰がスカートの中で、左右に揺れただけだった。

部屋から出て行こうとして、途中、柱に手をつき、身体を支えるようにしながら、美千代は秀平を振り返った。

「先にシャワーを浴びるわ。いい？」

何事もなかったかのようにふるまう美千代に、秀平は面食らった。あまりに面食らったので、慌ててうなずき返すことしかできなかった。

やがて台所の向こうにある風呂場の戸が開く音がした。ひどい渇きを覚えた。秀平は裸のまま、丸盆の上の、ぬるくなったカルピスに手を伸ばした。


一度で終わるはずだったことが、二度三度と繰り返された。そうなると、ただの衝動、いっときの気の迷いとも言えなくなって、次第に深みにはまっていくのがわかった。

背徳感と自己嫌悪は増すばかりなのに、増せば増すほど、不思議な桃源郷のようなものすら感じるようになった。美千代をいたぶりたい、と思っていたのは初めのうちだけで、そのうちそんな気持ちもうすれていった。

少なくとも美千代を貫けば、秀平の怒りはおさまるのだった。苛立ちが遠のくのだった。自分だけが犠牲になったのではない、もろともだ、という想いが強くなり、久しく忘れていた優しい感情すらわきあがってくるのだった。

晃子に気づかれた様子はなかった。これまで通り、毎週金曜から翌週月曜まで留守にするので、そのつど、秀平は美千代の住まいに逗《とう》留《りゅう》できた。

美千代を求めるのは、店の定休日や、店を閉めた後の深夜に限られた。毎週、というわけではなく、月に一度のこともあったし、二ヵ月間、何もなかったのに、二回三回と続くこともあった。

晃子が出張から戻れば、週に一度は晃子を抱いた。それは罪ほろぼしのようなものだった。事故後、営みがすっかりなくなっていたため、子供をほしがっていた晃子の喜びようは尋常ではなかった。

自分は母と娘を抱いているのだ、と思うと、烈しい罪悪感が生まれた。そして、それはただちに、獣のような性的興奮に変わっていくのだった。

美千代は秀平と交接していることについて、何も言わなかった。行為の間中、何か言葉を発することもなかった。黙って受け入れ、終われば彼に両手をまわし、なだめるように抱きよせるだけだった。

何かを勘違いし、女をむきだしにして彼に向かってくることもなかった。むろん、娘の晃子に勘づかれるようなことを言ったりしたりすることもなかった。

美千代は秀平に何も求めず、秀平が求めるものだけを与えようとした。それ以外は、ふだんの美千代と変わらなかった。秀平のために食事を作り、運び、洗濯をした。店に立ち、客に料理をふるまい、笑顔を絶やさなかった。

時折、秀平がぞっとするほど悲しそうな、倦《う》んだような顔をして、窓辺に佇んでいることもあったが、声をかければ、すぐさま微笑を返してきた。花が開き、咲きみだれ、ふわりと地面にこぼれていく時のような微笑み方だった。

そんな時、秀平は美千代がいとおしくてならなくなった。それは凶暴に抱きたくなるような気分とは正反対の、いたわり、情愛、感謝、そういった気持ちに近いものだった。

秀平は少しずつ、心の安寧を取り戻していった。同時に、美千代なしの生活が考えられなくなった。あれだけ憎み、邪険にし、死ぬほどいじめ抜いてやりたいと思っていたことが嘘のようだった。

そうやって表面上は何事もなかったかのように、時間が流れていった。相変わらず秀平は美千代の住まいと自宅の往復を続けてはいたが、仕事を探すために出歩くことも多くなった。外で古い知人と会ったり、学生時代の友人と会ったりする機会も増えた。

大学時代の同級生で、晃子もよく知っている男が、映画制作プロダクションを立ち上げたのもそのころだった。秀平は半ば妬《ねた》ましく思いながらも、その友人の生きていく活力のようなものに刺激を受けた。友人は一緒にやってみないか、と彼を誘ってきた。共同経営者にすることはできないが、もし、僕のところで仕事をしてくれるんだったら、給料を払わせてもらうから、と。

つまらない自尊心が頭をもたげたが、必死になって見て見ぬふりをした。今さらまともな就職はむずかしい。自尊心など捨てて、前に進まなければならなかった。

秀平はなんとか仕事にありつけそうだ、ということを真っ先に美千代に報告した。美千代は心底、嬉しそうに両手を合わせて小さな拍手をし、おめでとう、と言った。そして秀平の義手を手に取り、そこに祝福のキスをした。

お義母さんのおかげです、と小さくつぶやいた自分の声が、秀平には別の人間の声のように聞こえた。

美千代を初めて抱いてから二年と少し。翌々年の十一月、晃子の妊娠がわかった。子作りの計画をたてていたわけでもないというのに、秀平にはまるでそれが、神によって仕組まれた必然の出来事のように思えた。

報告を受けた美千代は目を細め、娘の両手を握りしめて、少女のようにに床をぴょんぴょん飛びはねた。おめでとう、と繰り返した。密かに娘と共有し続けている婿のことなど、忘れたかのようだった。

彼は次に美千代を抱く時には、改めて晃子の妊娠の話をしてみたいと思った。妻が孕《はら》んだのは、おれがあなたを抱いたからだ、抱かずにいたら、おれは妻を抱くこともなかっただろう、そうすれば新しい生命は授からなかっただろう……そんな話を問わず語りにしてみたかった。だが、その機会は訪れなかった。

つわりは軽かったものの、晃子は大事をとって長期の出産休暇をとった。それを機に秀平は決心し、毎週、美千代の家に通うのをやめたのである。

だが、美千代のもとに通えなくなると、秀平は底知れぬさびしさに襲われるようになった。我慢できなくなれば、「キッチンみずの」に向かった。

他の客や好子の目を盗み、美千代に軽く合図して、あとで二階に行こう、と無言のうちに伝えることもあった。そのたびに美千代は笑みを浮かべたまま、申し訳なさそうにわずかに頭を横に振った。

拒まれている、と感じて、ふと、かつての凶暴な気分が頭をもたげることもないではなかったが、長続きはしなかった。しばらくするとそれも、細かい霧のようになって消えていった。

晃子が自宅で産気づいたのは翌年の七月半ば。秀平の外出中、生まれてくる子供のための産着をひとりでそろえていた時だった。自分でタクシーを呼んで病院に行き、晃子はすたすた歩いて分娩室に入って行った。見事な安産だった。

生まれたのは、健康な女の子だった。晃子よりも断然、自分に似ていたので、秀平は驚いた。神は愚かなまねをする、と思った。名前をつける段になって、彼は義母の名から一文字もらうことを妻に提案した。それは晃子の妊娠がわかってから、ずっと考えていたことだった。

女の子だったら千絵、男の子だったら美雄《よしお》。美千代によって救われた自分なのだから、美千代の血を受け継いで生まれてくる子には、美千代にちなんだ名をつけてやりたかった。

美千代が恋しかった。死んでも人に言えない罪深いさびしさと恋しさが、彼の中に渦巻いていた。

千絵、って、ちょっと古くさくない？　と晃子は初め、少し否定的だった。だが、別案があったわけでもなく、結局、赤ん坊は、千絵、と命名された。

美千代は孫会いたさに、店の定休日には必ず、娘夫婦のマンションに通って来るようになった。定休日でなくても、昼どきの営業を終えたとたん、夕食までの空き時間を利用して、飛ぶようにやって来ることもあった。

千絵を抱きあげ、あやし、話しかける。抱っこしながら、その水蜜桃のような頰にキスをする。ほうら、千絵ちゃんのおばあちゃんですよ、などと言う。

そんな美千代の姿を晃子はにこにこしながら見つめている。そうした母子の光景を秀平は遠くから眺める。見知らぬ女たちを眺めているように感じる。

自分が幸福なのか、哀れなのか、わからなかった。少なくとも最悪の状態ではなさそうだ、と思った。それだけが救いだった。

千絵が生まれて三ヵ月になろうかというころ。昼間はまだ少し暑さが残ったが、朝晩はめっきり涼しくなった。秋が始まろうとしていた。

よく晴れた日曜日だった。晃子はその日、久しぶりに美容院に行き、その後、仕事関係で親しくしている女友達と会う約束をしていた。初めての子育てに追われ、自分をかまう暇もなかったから、晃子はその日がくるのを楽しみにしていた。

正午過ぎ、晃子が出かけたのと入れ代わるように、美千代がマンションにやって来た。晃子が帰って来るのは夕方遅くになる。美千代は、秀平と自分のために昼食の蕎麦をゆで始めた。近くの店で買ってきたという海老の天ぷらを蕎麦の上にのせ、天ぷら蕎麦ができあがった。秀平は美千代と食卓についた。

窓の向こうの小さなベランダでは、洗濯物が秋風に揺れていた。細めに開けたサッシ戸からは、外を行き交う車の音が聞こえてきた。遠い空をヘリコプターが飛んでいた。

絨毯敷きの隣の洋間に敷いた小さな布団の上で、機嫌よさそうに四肢を動かしている千絵を見るともなく見守りながら、二人は差し向かいで天ぷら蕎麦をすすった。出かける間際に、晃子が授乳していったので、千絵はもうじき眠るだろうと思われた。

「久しぶりだな」と秀平は、食べ終えたばかりの蕎麦の丼に目を落としたまま言った。「こんなふうに、お義母さんと二人だけで食事するのは」

「そうねえ」と美千代はうなずいた。

熱い蕎麦を食べたせいで、鼻水が出ていた。近くにあったティッシュペーパーの箱から一枚取り出し、洟をかんだ。かんでから秀平を見つめた。笑顔だった。「ほんとに久しぶりね」

「なんと言うのか」と彼は言った。「……さびしかったです」

美千代は黙っていた。

隣の洋間で、千絵が少しむずかり始めた。「ダーダー」と声をあげた。

「あ、千絵ちゃん、おむつかしら」と美千代はすかさず言った。「見てくるわね」

美千代の服装は見慣れたものだった。クリーム色のブラウスに、焦げ茶色の、裾が少し拡がっている膝下まである丈の古いスカート。ひっつめ髪。アクセサリー類は一つもつけておらず、オーデコロンの香りもしない。そんな美千代に、秀平は以前と変わらぬ、悲しいまでもの欲情を覚えていた。貫きたくなっている自分を感じた。

秀平は、手早く千絵のおむつを替えている美千代の後ろ姿を眺めた。口では孫をあやしながら、その背が自分を誘っているように見えた。だが、これはまぼろしなのだ、と彼は悲しく思った。実際、美千代は彼を誘ってなどいなかった。むしろ、避けようとしていた。

「さあ、これできれいになった」と美千代が澄んだ声で言った。「すっきりしたから、お昼寝しましょ。千絵ちゃんはまだまだ、ちっちゃいんだから、たくさんネンネしなくちゃだめなのよ。たくさんネンネして、大きくなるのよ」

千絵が透明な唾液をいっぱいためた口を真横に開き、笑っている。美千代がそれに合わせて笑う。あやす。かわいい千絵ちゃん、と話しかける。

気がつくと秀平は、美千代のすぐ後ろに立っていた。気配に気づいた美千代が振り返った。

「ほうら、パパよ」と美千代が千絵に向かって言った。隠しきれない怯え、嫌悪感のようなものが彼に伝わってきた。「今日はママがお出かけだから、パパとおばあちゃんが千絵ちゃんと一緒にいるのよ。ねえ、千絵ちゃん」

秀平は背後から美千代を抱きしめた。ほっそりしたうすい背と肩が、彼の腕の中で瞬時にして固くなった。

彼は義手をつけた左腕で押さえつけたまま、彼女の腰に手をまわした。スカートをたくしあげようとしながら、首筋にくちびるを寄せた。息が荒くなっていった。自分の呼吸の烈しさが恐ろしかった。

力まかせに彼女をぐるりとまわし、自分のほうに向かせた。小さな顔に噛みつくようなキスをした。胸をもんだ。

美千代は眉間に深い皺をよせ、烈しく抵抗した。だめ、と低く言った。「もうだめよ。わかってるでしょう?」

「何が?」と秀平は荒らげた息の中で問うた。

「やめてちょうだい。わからないの?」

「孫ができたから？　それとも……」

「私の問題じゃない。これは秀平さん、あなたの問題よ。いい加減、もうやめて。やめなさいっ！」

それまで聞いたことのないほど、烈しく怒気をふくんだ言い方だった。美千代を失う恐怖にかられた。馬鹿げた恐怖だ、とわかっていたが、我慢ならなかった。彼はさらに強く美千代を抱きしめ、スカートの中に右手を入れ、かきまわし、震える右手の指を使って、ブラウスのボタンを外し始めた。

自分が何をやっているのか、わけがわからなくなった。泣きたかった。自分も美千代も醜い、と思った。死んだほうがましだと思った。

千絵が泣きだした。突然のことで、それはたちまち、火がついたかのような烈しい泣き方に変わっていった。

彼が驚いて思わず力をゆるめると、自由になった美千代は赤ん坊に救いを求めるようにして、千絵を抱き上げた。何かしきりと囁きながら立ち上がり、赤ん坊に必要なものをまとめて近くにあった紙袋に詰めると、そのまま玄関に走り去った。

小一時間ほどたってから、電話が鳴った。

「私よ」と美千代が言った。一本調子の、感情の見えない言い方だった。「千絵は私のところに連れて来てるから心配なく。晃子が帰って来たら、連絡ちょうだい。すぐにそちらに千絵を連れて行きます。お散歩がてら、お店まで連れてきちゃった、ってことにするから、口裏を合わせるようにね」

秀平は無言のまま電話を切った。

からっぽのベビー布団に、小さなヒトガタができていた。先程までそこに寝ていた赤ん坊が、晃子との子ではなく、美千代との間にできた子だったような気がした。

全身から力が抜けていった。秀平はその場に崩れ落ちるようにして、床に座りこんだ。


それから十七年の歳月が流れた。

秀平は大学時代の友人の会社に雇い入れてもらい、映画制作の仕事についた。いっとき美千代が彼を救ったが、その後、彼を救ってくれたのは仕事だった。彼は仕事に没頭した。夢中になっている間は、黒々とした記憶の数々を忘れることができた。

美千代は病気がわかるまで、「キッチンみずの」で働き続けた。笑顔も、物言いも、気遣いの仕方も、何ひとつ変わることがなかった。

義理とはいえ親子関係にあるため、秀平が美千代に会う機会は頻繁にあった。会うたびに、ごくふつうに会話し、ごくふつうに笑い、ごくふつうに別れた。決して二人きりにはならなかった。二人になってしまいそうな時は、どちらからともなく、理由をつけてもう一人加えたり、あるいは会わずにすむよう算段したりした。

晃子は千絵が二歳になると、仕事を再開した。仕事量は減らしたが、基本的に月に二度、金曜から月曜まで出張して家を空けた。その間、千絵の面倒は秀平がみた。秀平が忙しい時は、美千代が預かった。

千絵はすくすくと成長した。晃子の収入が同世代の働く女よりも多かったので、経済的にも問題は起こらなかった。

水面下で行われていたことを封印してしまうと、秀平の日常は凪《な》いだ海そのものになった。彼はその凪ぎに身をゆだねた。そうやって生きるほかはない、と思った。そしてそれは、なんとか成功した。

……出棺の時がきた。晃子が美千代の遺影を携え、秀平が白木の位牌を手に持って佇み、男たちが担ぎ出してくる美千代の棺を見守った。小さな棺だった。子供のそれのようにも見えた。

黒い霊柩車《れいきゅうしゃ》に棺が吸い込まれていった。秀平の隣にいた千絵が、やおら秀平の左腕にすがりついてきた。千絵は顔をゆがめ、嗚咽していた。

どきりとしたが、顔には出さなかった。彼は義手をつけていない右手で、千絵の頭を撫でてやった。

あの日のできごとをこの子が覚えているわけなどない、と自分に言い聞かせた。千絵はまだ、生後三ヵ月にも満たなかった。耳は聞こえ、目も見えていただろうが、眼前で繰り広げられた秀平と美千代のやりとりが、記憶に刻まれるわけもない。

それにしても、地獄におちるにふさわしい日々だった。思い起こせば、およそ千日間。唾棄《だき》すべき恥ずかしい千日だったのと同時に、それは秀平にとって、罪深くも慈愛と慈悲に満たされた日々でもあった。

美千代の亡骸を載せた霊柩車に、晃子、千絵と共に乗りこんだ。運転手がクラクションを鳴らした。さびしい音が細く長く、あたりに響きわたった。

秀平の隣の席に座っていた千絵が、手にしたハンカチで目をこすった。次いで、救いを求めるかのように、甘えた表情で彼のほうを見た。義手をはめた左手で、そっとなだめるように娘の腕に触れてやりながら、彼は正面に向き直った。

降り続いていた雨がいっときあがったようだった。勢いよく拡がった六月の青空が、弔いの車のガラスに映し出されていた。

凪《なぎ》の光

せっかくみんなが集まるラウンジなのに、どう見ても殺風景だった。職員が折り紙で折った鶴や、千代紙を切り抜いて花の形にしたものを壁に所狭しと貼りつけているのが、かえって侘《わび》しく見える。

評判がまんざらでもない、中規模の介護付有料老人ホームである。知美《ともみ》が正式に職員として勤め始めたのは、八年前。あらかじめ取得しておいた、ヘルパー二級の資格が役に立った。

特に介護職につきたかったわけではない。経験もなかった。だが、働かないと食べていけないない身の上になっていたため、仕事を選んでいる余裕はなかった。

ホームでは、レクリエーションと称して連日、午後になると某《なにがし》かの行事が行われる。今日は茶道の日だが、茶道といってもかたちばかり。参加する入居者たちの目当ては、抹茶についてでてくる和菓子だった。四階にあるラウンジの窓の外には、八月に入ったばかりの空が拡がっている。台風が接近中とかで、どんよりと曇っているのがうっとうしいが、雨が降り出した様子はなさそうである。

参加している顔ぶれは、老女ばかり十一名。つけっぱなしの液晶テレビからは、午後のワイドショー番組が流れている。毎度のことだが、ボリュームがしぼられていて、うまく聞きとれない。耳が遠い人が多いのにと知美は思うが、小さな虫の羽ばたきのように、絶え間なくかすかに流れてくる音声のほうが、安らいだ気分になれるのだという。ボリュームをあげてほしい、と文句を言う入居者が出てこないのは、テレビの内容を理解できない人が多いせいだと思っていたが、あながち、それだけでもなさそうだ。

てきぱきと敏捷《びんしょう》に動きまわる年若い女性職員と共に、知美は業者から届けられたばかりの和菓子の箱の蓋《ふた》を開けた。色とりどりの上生菓子と水ようかんが詰まっている。水ようかんについている葉は、にせもののビニールだった。

茶道の心得があるという女性職員が、立ったまま抹茶をたて始めたので、知美は箱を手にテーブルに向かった。認知症が進んだ車椅子の入居者には、職員が寄り添いながら、わあ、おいしそうですね、どれにしますか、などと歓声をあげている。まるで自分が食べるものを選ぶ時のように、水ようかんにしようか、上生菓子にしようか、迷っている。

「田所《たどころ》さん、でしたわね。そうよね」

笑顔で知美に声をかけてきたのは、入居者の佐藤春恵《さとうはるえ》だった。知美は胸につけた「田所知美」のネームプレートを指さし、「大当たりです」と言って笑ってみせた。

春恵は八十七歳。二週間ほど前に入居してきた。このホームを選んだのは春恵本人で、契約から引っ越しまで、何から何まで全部ひとりでやってのけたという。

歩行時には杖を必要としたが、認知症どころか、頭のほうは驚くほどしっかりしている。立ち姿は老婆でも、座っていると背筋がぴんと伸びて美しい。彫りの深い顔に銀髪のショートヘアがよく似合い、身につけるもののセンスもよく、来た時からホーム内でも目立っていた。おまけに温和な性格のようで、いつもにこにこ笑顔が絶えない。知美の知る限り、入居後、身内が訪ねて来ている様子はなかったが、それをさびしがる素振りはみじんもみせず、春恵は早くもホームでの暮らしに溶けこんでいた。

知美が差し出した和菓子の箱をうきうきした表情で覗《のぞ》きこみながら、春恵は「ねえ、お庭に巣を作ったっていう鳥、どうなった？」と訊ねてきた。「雛《ひな》たちは元気？　ご近所の猫ちゃんなんかにやられてやしない？」

「あ、覚えていてくださったんですね。嬉しいです。ええ、ええ、大丈夫ですよ。元気いっぱい。親たちがせっせと餌を運んできて、すっかり大きくなりました」

「まあ、そう。それはよかったこと」

「そろそろ巣立ちの時だと思うんですけどね。でも、全然、その気配がなくて。家に帰るたんびに巣を覗いて、あ、まだいる、って。半分、嬉しくって、半分、心配で。だって四羽が押し合いへし合いしてるんですよ。大きくなりすぎたもんで、巣からこぼれそうになってて、もう、あぶなっかしくって」

「あら、可笑《おか》しい。可愛いわねえ」

「ほんと、可愛いです」

知美が住んでいるのは、築四十年を過ぎようとしている古い家である。離婚してちょうど十年。別れた夫が慰謝料代わりに残してくれた小さな家と狭い土地が、五十七歳にして独り身の、子供のいない知美にとって唯一の支えになっていた。さしあたって住む家があり、ローンが何も残っていないからこそ、とぼしい給料だけで、なんとか生活していける。

ひと月近く前だったが、その家の、猫の額ほどの小さな庭に植わっているイチイの木の枝に、キセキレイの番《つが》いが巣を作り、産卵した。緑が多く、近くに川があるので、水鳥に限らず野鳥は多い。ハクセキレイもキセキレイも、しょっちゅう見かける。だが、キセキレイが自宅の庭木に巣を作ることになろうとは、夢にも思っていなかった。

さほど背は高くないが、みっしりと円錐形に繋ったイチイの木の内側に、ちょうどいい具合に丸く空洞になった箇所がある。巣はそこに作られていた。

仕事が休みの日、めったにやらない庭の草むしりをしていて、偶然、知美はそれに気づいた。苔《こけ》や泥や小枝で作られた、碗の形をした巣の中に白い卵が四つ。

あ、と思った直後、家の軒先《のきさき》で、チチ、チチ、と澄んだ鳴き声が聞こえた。見上げると、軒先の雨樋《あまどい》のあたりに一羽の野鳥の姿があった。腹の部分が黄色い鳥で、長い尾をしきりと上下させている。その特徴ある仕草から、ひと目でキセキレイだとわかった。

そっとその場を離れ、家の中に戻った。イチイの木を見渡せる窓辺に立って待っていると、雨樋に留まっていたキセキレイはまもなく美しい弧を描くようにして飛んで来て、素早く茂みの奥にもぐりこんでいった。

その日から、窓ガラス越しにキセキレイの巣を眺めるのが知美の日課になった。窓からはちょうど都合よく、巣のあたりが至近距離で見渡せる。

交代で卵を抱いているのは番いのようだった。一羽が戻ってくると、それまで卵を抱いていたほうがどこかに飛んで行く。雨の日も風の日も、霧が出ても、少し冷えた日も、一日中、片時も巣から離れない。

前線が通過して、雷が鳴り続けたあげく、ざあざあ降りになった雨の晩は、親が濡れるのではと心配で気が気ではなくなった。知美は懐中電灯で巣のあたりを照らしてみた。イチイの葉の茂みは雨よけの役割をさほど果たしておらず、巣は情け容赦なく雨の攻撃を受けていた。

これでは、親も巣もずぶ濡れだろう。濡れて冷えれば卵は死んでしまう。なんとかできないものか。知美は絶望的な気分にかられたが、よく見ると、巣いっぱいに身体《からだ》を載せて丸くなっている親鳥の背は、烈《はげ》しい雨をものの見事にはじき返しているのだった。

そんな具合に、毎日、喜んだり、ひやひやしたりしながら見守っていたところ、二週間ほどたった朝、巣からちぃちぃと小さな声が聞こえてきた。四つあった卵の殻は、どこにも見えず、代わりに四羽の、うすい灰色の綿毛に被われた小さな雛がいた。

初めのうち、雛はおとなしく丸まって眠っているだけだったが、そのうち親が青虫だの蛾だのをくわえて巣に運んでくるたびに、大きな黄色い口をあけて餌をねだるようになった。声も次第に大きくなって、親が巣に近づくたびに、四羽の放つちぃちぃ声が知美の家の、狭い庭いっぱいに響きわたった。

そんな一連の話を、ちょうど一週間前の茶道の日、知美は問わず語りに佐藤春恵に語ったのだった。

春恵は箱の中の、さくら色をした上生菓子をひとつ、優雅な手つきで小皿にとりながら、目を細めた。「きっと、田所さんのお庭、居心地がいいのよ。居心地がいいと、鳥じゃなくたって、しばらくお邪魔していたいって思うでしょ？」

「居心地よく思ってくれてるのは嬉しいんですけど、早く巣立ってくれないと、こっちが気をつかっちゃって」

「そうよねえ。ちっちゃな可愛い生き物が近くにいると、気になるわよねえ」

「ご近所に猫を飼ってる方もいらっしゃるし、蛇だって出るようなところなんです。ずいぶん前にね、庭の隅のほうを蛇が横切ってったのを一度見かけたことがあるものだから、それもまた心配で」

「あら、いやだ。蛇？」

「はい。アオダイショウだったと思います。うち、近くに川があって、未だに自然がたくさん残ってるもんですから。私が留守の間に、雛たちが蛇に飲みこまれてませんように、っていつも祈る気持ちでうちに帰るんですよ」

「そんなことになったら大変だけど、でもね、きっと大丈夫よ。野生の生き物は強いですもの。なんて言うのかしら。生きていく力があるの。どんなにちっちゃくてもね。こんなちっちゃかったら、絶対生きていけないだろう、って私たちは思うけど、それでもちゃあんと生きていくの。それが本能なのよ。だから田所さんのところの雛たちも、無事に巣立っていきますよ」

そうですね、ありがとうございます、と知美はうなずいた。どうということのない春恵の言葉が、何故だか胸に迫った。その通りかもしれない、と思った知美がこくりとうなずいた、その時だった。

「あ、ここにいらした！　おかあさん、おかあさん、来ましたよぉ。

やっと会いに来れましたよぉ」と言う、明るく甲高《かんだか》い女の声が聞こえた。

振り返った知美の目に、共に五十代とおぼしき男女のふたり連れの姿が飛びこんできた。夫婦のようだ。

薄くなった白髪まじりの毛を短く刈りそろえた男は、青い横縞《よこじま》の入ったポロシャツ姿。肩のあたりまで髪の毛を伸ばし、毛先にゆるいウェーブをつけている女は、胸にタックの入った白い半袖ブラウスに、紺色の薄手のギャザースカート。スカート丈は膝下まであり、ブラウスのボタンは襟元《えりもと》まできちんと留められている。ふたりは共に笑顔のまま、両手にたくさんの紙袋を提《さ》げ、わき目もふらず、まっすぐ春恵に近づいて来た。

初めのうち、知美は「まさか」と思っただけだった。よく似た人はどこにでもいる。ましてや、もう四十年近く会っていないのだ。似ているだけでは、目の前にいる二人が「彼ら」であるとは断定できない。だが、女の「声」は驚くほど昔のままだった。

「ああら、お珍しい」と春恵はふたりを見上げ、冗談めかして言った。「よくここがわかったのね。ところで、どちらさま?」

「おふくろ、しばらく会わないうちに〝に〟の字になった?」

「なんですか、〝に〟の字って」

「認知症だよ、認知症」

「敏也《としや》ったら、おかあさんは冗談を言ってるだけよ。ねえ、おかあさん、もっと早く来たかったのに、遅くなっちゃってごめんなさい。今日はね、ずっとゆっくりしていけるんですよ。だから、ほら、たくさんおみやげ、持ってきました。でもよかった。おかあさん、すごく元気そう。引っ越しのお疲れが出てるんじゃないか、って心配で心配で」

「いえいえ、ちっとも。おかげさまで、ごらんの通り元気よ。今はね、お茶の時間なの。ほら、どう？　おいしそうでしょ？」

「あら、ほんと。きれいなお菓子ねえ」

「あなたたちもいただく？」

「とんでもない。私たちは……」

抹茶の用意をした若い女性職員が知美のそばに来て、「すみません、田所さん。これ、佐藤さんにお願いできますか」と言った。差し出された抹茶は、茶色い焼き物の茶碗の中で、ぷつぷつ細かい泡をたてていた。

知美がそれを受け取り、春恵が向かっているテーブルの上にそっと置いた時だった。春恵の背に軽く手を置き、微笑していた女が、知美に向かって深々と頭を下げてきた。

「ご挨拶が遅れました。はじめまして。お世話になっております。佐藤春恵の家族のものです。ええと、長男とその嫁、です。今後とも義母のことを何卒《なにとぞ》……」

目と目が合った。視線と視線が絡み合った。女の大きな目が知美をとらえ、束の間、微動だにしなくなったかと思うと、さらに大きく見開かれた。

「……もしかして」と先に声に出して言ったのは、女のほうだった。声は少しふるえていた。「間違ってたらごめんなさい。あの、あの……高校時代、ずっと同級生だった田所知美さんじゃ……」

「よりちゃん？」と知美は小声で訊き返した。「より子さん？　やっぱりそうだったの？　そうじゃないか、って、さっきから……」

「田所さんだ」と、そばに立っていた男が声をあげた。「ほんとだ。田所さんだ。僕ですよ、僕。佐藤敏也ですよ。ひゃあ、こいつは驚いた」

「ああ、なんていう偶然！」とより子が子供のように両足をばたばたさせ、夫である敏也の腕をつかみ、上気した頬に片手をあてがった。

「信じられない。こんなところで田所さんと会えるなんて」

「こんなところ、なんて、失礼だよ」と佐藤敏也が小声でたしなめた。

より子は慌てたように「あ、ごめんなさい。そういう意味じゃなくて」と言い、感極まった様子で目を瞬《またた》かせた。「知美さん、久しぶり。ここで働いてらっしゃるの？」

知美はうなずいた。笑みを作った。こわばらないようにするためには、相応の努力が必要だった。驚きと懐かしさ以上に、知美の中には困惑が生まれつつあった。その困惑が相手に気づかれないよう、願った。

「ああ、どうしましょ。心臓がドキドキしてる。こんな偶然、ある？何年ぶり？」

「高校を卒業して以来だから」と知美は言った。その場に似合わぬ冷静さを装《よそお》った。そうしていないと、自分でも理由がうまく説明できない混乱に押しつぶされそうだった。「そう……ざっと計算しても、三十九年？　四十年？　そのくらいね」

「四十年！　でも、変わってないわ、知美さん。顔を見たら、すぐにわかったもの」

「そんな……。すごく変わったわ、私。いろんなことがあり過ぎて、おまけに年をとっちゃったし……」

「そんなことない、全然ない」とより子は大きく首を横に振った。大まじめな顔つきだった。「相変わらずきれい、知美さん。昔のまんまよ。ああ、会えてすごく嬉しい。まだ心臓がドキドキしてる」

「よりちゃん、それに佐藤君も、すごく元気そう。よかった」

「ありがとう。ねえ、私たちが……私が佐藤君と結婚したことは知ってた？」

「もちろんよ。だって、通知、送ってくれたじゃない」

「そうだよ。忘れたの？」と夫の敏也が言った。「田所さんから、お祝いもいただいたじゃないか」

「あ、そうそう。そうだった。ごめんなさい。私ったら、あんまり興奮して、頭の中がごちゃごちゃになっちゃってる」

結婚の通知は受け取ったが、都内のホテルで行われた二人の結婚披露宴に、知美は出席しなかった。結婚祝いに、デパートの食器売り場からペアのマグカップセットを送っただけだった。

話題が気まずい方向に流れていきそうになったことに気づいたか、より子は笑みを浮かべながら話題を変えた。「知美さん、このホームでのお仕事は長いの？」

「八年くらいになるのかな。長いと言えば長いわね」

「そう」と、より子は微笑しながらうなずいた。

聞きたいことがあふれて、言葉に詰まっているようにも見えたが、より子はそれ以上、何も質問しなかった。

知美は晴れ晴れとした笑顔を作った。「今は、この近くに住んでるの。電車で二つ先。歩こうと思えば歩ける距離だけど、もう若くないから、すぐ疲れちゃう。だから、いつも電車通勤。よりちゃんは？」

より子は東京郊外の町の名を口にした。それは、より子と敏也が結婚後、しばらくたってから新居を構えたという町だった。「ずうっと同じよ。そこで子供産んで、育てて……今も同じ家で暮らしてるわ」

「お子さん、もう、大きいんでしょう？」

「上が三十で、真ん中が二十八で、末の子が、ええっと……」

「二十五」と敏也がつないだ。「全員、男の子で、より子はずっと、女ハーレム状態」

三人も子供がいるとは思わなかった。知美はくすくす笑ってみせた。話題が途切れたわけではなかったが、急に居心地の悪さを感じた。

春恵が待ちきれなくなったかのように、口をはさんできた。「まあまあ、あなたたち。お話を中断させて申し訳ないけど、いったい全体、どういう関係なの？」

「田所さんはね、おかぁさん、私と敏也の高校時代の同級生なんですよ」とより子がはずんだ口調で言った。「私たち三人、高一の時からずっと同じクラスで、ずっと仲良しだったんです」

その言い方には、含みも刺《とげ》も感じられなかった。懐かしいことを素直に懐かしがり、正しいことを正しく行う、昔のままのより子がそこにいた。

春恵は「あらまあ、あらまあ」と繰り返し、目尻を下げて知美と息子夫婦を交互に見つめた。「なんて不思議なご縁なんでしょう。田所さんとはね、私、ここに来て、いの一番に親しくさせていただいたのよ。ね？　田所さん。鳥の雛のお話、してくださったのよね」

「鳥の雛？」より子が年齢に似つかわしくないほど愛らしく、小首を傾《かし》げた。

知美は、庭でキセキレイの雛が生まれた経緯を話した。話しながら、自分はいったい、何の話をしているのだろうと思った。ただちにここを離れ、家に駆け戻り、イチイの木の奥の巣で、親が運んでくる餌を待っている雛たちを日がな一日、眺めていたかった。

「そうなのよ、より子さん。さっきもその雛のお話を聞いてたところなの」と春恵が言った。「楽しいお話なのよぉ」

「よかったわねえ、おかあさん。わあ、ほんとに興奮しちゃう。知美さん、知美さん、ねえ、ゆっくりおしゃべりしたいね。急だけど……今日は知美さん、どんな予定なの？」

「今日？　今日は早番だったから、そうね、ここを夕方五時には出られると思うけど」

「じゃあ」と言い、より子は隣に立っている夫の敏也に目配せした。

「私たちは、これからおかあさんのお部屋でおしゃべりして過ごすんだけど、夕食は外で二人で食べて帰るつもりで来てるの。ねえ、よかったら、知美さん、三人で食べに行かない？」

「いいねえ」と敏也も妻に強く同調した。「そうしよう、そうしよう。どうかな、田所さん、時間は田所さんに合わせるから、一緒においでよ」

知美は深く息を吸ってから微笑を返した。「台風が近づいてるでしょう？　帰りは大丈夫？　私は家が近いから平気だけど、よりちゃんたちは……」

「平気平気。雨が強くなるにしても、夜遅くなってからになるみたいだし。万一、電車が止まったら、その時はその時で考えるから大丈夫よ。お仕事、五時に終わるのね？」

「ええ、そう」と知美は言った。「それに、明日はお休みなんだ」

「なら、決まり！」

「じゃあ、ぜひ。でも、せっかくだから、お義母様も誘ってご一緒に……」

「私のことはいいの、いいの、気にしないで」と春恵が言った。「記念すべき日なんだもの。積もる話もいっぱいあるでしょ。今日はあなたがただけで、ゆっくり再会の祝杯をあげてきたらいいわ」

それがただの年寄りの虚勢ではないことを強調してみせようとする

かのように、春恵は竹フォークを使って、さくら色の上生菓子をゆっくりと二つに切り分けた。

それから二時間ほど、夫妻は春恵の部屋で親子水入らずの時間を過ごしていった。

部屋を訪ね、夫妻と挨拶を交わしたという、三十代のケアマネージャーの女性は、知美と廊下ですれ違いざま、にこやかに話しかけてきた。「佐藤さんの息子さんご夫妻と、高校時代の同級生だったんですって？」

職員同様、ケアマネージャーもよく辞めていく。そのケアマネージャーも、知美がこのホームで働くようになってから三人目だった。

「それはそれは喜んでいらっしゃって。それにしても、すごい偶然ですね。こんなことって、あるんですねえ」

「本当に」と知美は微笑んだ。

夫妻がいつホームを出たのかはわからない。知美は定刻の五時に仕事を終え、引き継ぎをすませ、更衣室で私服に着替えた。いつもは鏡もろくに覗かずにホームをあとにするというのに、その日は軽く化粧を直した。

六時の約束で、最寄り駅の近くにあるイタリアンレストランを指定してきたのは敏也だった。ピッツァを中心に、各種パスタや魚介料理が安く食べられる、ごく庶民的な店である。

「さとう商会」という、祖父の代から続く老舗の輸入食品会社を継いだ敏也が、ふだん、その種の店で食事をしているとは思えなかった。きっと自分に気をつかってくれているのだろう、と知美は思った。

雨はまだ降っていなかったが、台風がどんどん近づいているせいか、少し風が出てきた気がする。湿度も高く、蒸し暑かった。

より子夫妻に会うことがわかっていたら、もっとましな格好をしてきたのに、と思い、知美は自分の着ている、膝が出てしまっているインディゴブルーのデニムと、腰まわりが隠れる紺色の、安物のチュニックを見下ろした。今さら張り合おうなどとはみじんも思っていないというのに、何をそんなに、と自分でも呆《あき》れるほど、より子を強く意識している自分がいた。

意識の底には、より子に対する潜在的な強い負い目がある。それはわかっている。

高校三年になってまもなくのころ、より子が恋をした。相手は隣のクラスの、大和田《おおわだ》という男子生徒だった。バスケットボール部のキャプテンで、成績もよく、別に美男ではなかったが、大人びた雰囲気を漂わせる生徒だった。

より子があまりに夢中なので、知美が仲をとりもってやることになった。三人で放課後、校庭の片隅の汚れた池のそばで雑談を交わした。日曜日により子を連れ出し、大和田に預けて、映画を観に行かせたこともあった。

学校内では、より子と大和田は相思相愛になった、という噂が広まった。お似合いだ、と誰もが口をそろえた。

その大和田から、後日、知美は呼び出され、気持ちを打ち明けられたのだった。あまりに苦しいので、大学受験のための勉強が手につかない、とまで言われた。

困惑したのは事実だが、喜びのほうが大きかった。知美は自分もまた、大和田に惹《ひ》かれていたことを知った。

より子に隠れて大和田と会い、会うたびに関係が深まった。こういうことをしていてはいけない、と思うのだが、どうすることもできなかった。

事実は隠しようもなく、まもなくより子の耳に入ることになった。より子はしかし、ひと言も知美を責めなかった。知美から遠ざかり、学校を休むようになっただけだった。

校内にはたちまち、噂が広まった。田所知美が親友の彼氏を奪い、親友を傷つけ、それなのに平気な顔をしている、という噂だった。泥棒猫、と面と向かって罵《ののし》ってくる女子生徒もいた。男子生徒たちは遠巻きに面白そうに知美を見ていた。

その時から高校を卒業するまで、知美はより子と口をきくことがなくなった。そんな中でも、大和田との交際は続けられた。知美は語学の専門学校に、大和田は私立の有名大学に進んだ。

新生活が始まって半年後、大和田からの連絡が間遠になり始めた。共通の知人の話では、大和田は大学で知り合ったひとつ年上の女子大生と恋仲になった、という話だった。

とはいえ、そんなものはたいした事件とは言えない。所詮、大昔の話だった。誰もがまだ未熟な、思春期真っ只中《ただなか》にいたころの話。今となっては、しみじみと微笑ましいだけの思い出。笑って語り合える、罪のない記憶……。

だが、知美の中では、より子が、より子らしい真摯《しんし》な気持ちで恋焦がれていた男が、より子ではない、自分を選んだこと、深い考えもなしにそれを受け入れ、より子に黙ってその男と交際したことが、あれから途方もなく長い歳月が過ぎたというのに、今も心の奥底に、錆《さ》びついた矢のようになって突き刺さっている。

もともと自分は傲慢《ごうまん》な人間なのだ、と知美は思う。若かった時だけではない。その後の人生もすべて、今に至るまで、自分はどこかしら傲慢に生きてきた。初めからそんな人間だったのだ。だからこそ、あれだけ純粋で穢《けが》れのないより子を平気で裏切ることができたのだ。

大和田から恋心を告白された時、何故、「私はその気持ちを受け入れることはできない。私はより子を裏切ることはできない」とはっきり言えなかったのか。

「私とより子が親友同士と知っていて、しかも、より子とつきあっているふりをしながら、蔭《かげ》でそういう告白をしてくるのは卑怯《ひきょう》だ」とどうして言えなかったのか。

より子の父親はごくふつうの、ありふれた会社員だったが、より子はいつも、お嬢さん育ちを絵に描いたように楚々《そそ》として見えた。清潔なブラウスの一番上まできちんとボタンをとめ、膝の見えないゆったりしたスカートをはいているそばで、知美は色鮮やかなTシャツに、尻のかたちが指でなぞれそうなほど細いジーンズをはいていた。休日になると、喫茶店で足を組みながらコーヒーを飲んでいる知美の横で、より子がクリームソーダをストローでかきまわしつつ、子鹿のような大きな目をぱちぱちさせて楽しげに、知美が面白おかしく話すクラスメートの噂話にあいづちをうち、感心して聞き入っているのが常だった。

そんなより子を遠くから見つめ、理想の女性として崇め、憧れ、当時から深い愛情を注いでいたのが、同級生の佐藤敏也だった。敏也に限らず、より子のような女性、より子のような人格を愛する人間は多い。より子のもっている生まれつきの純粋さは、どれほど曇りや欠点を探そうにも、ひとつとして見つからないのだ。

敏也はより子に近づき、励《はげ》ました。知美と急速に疎遠になっていったより子も、さすがにさびしかったのだろう、すぐに敏也の友情を受け入れた。

二人は高校卒業後、そろって同じ私立大学に進学。自然に交際が始まり、静かに関係を育んで、卒業後、それが当たり前だったかのように結婚したのである。

より子同様、敏也が知美をなじるようなことを言ったり、皮肉を投げつけてきたりしたことは一度もない。何も起こらなかったかのように、二人はそれぞれ、知美に毎年、年賀状を送ってきた。結婚の報告と披露宴の案内状には、より子の直筆で「会いたいです。ご都合よろしければ、ぜひご出席ください」と書かれてあった。

何故、今さら自分に招待状なんか、と知美は思った。馬鹿にされたようにも感じた。

どうせ、二人はこそこそ、蔭で私の悪口を言い続けてきたに決まっている。敏也などは、内心、あんなすれっからし、尻軽女、と思い、そんな知美を信じて親しくしてきた、清純を絵に描いたような より子に向けた愛情が、さらに増しているに違いないのだ、と。

一方で、それほど傲慢な考え方しかできないのに、知美は自分が決して尊大にはなれないことも知っていた。尊大どころか、床に落としただけで簡単にへしゃげてしまうセルロイドの人形のように、あっけないほど脆《もろ》い。人前で明るく口笛を吹いてみせることはできても、実体は薄羽蜻蛉《かげろう》のように弱々しいのだ。

知美は待ち合わせの店に向かう道すがら、揚げたてのコロッケや鶏のから揚げを売っている精肉店の前で立ち止まり、手にした布製のトートバッグをまさぐって、タオルハンカチを取り出した。揚げ油のにおいが漂ってくる中、歩みを止めたのは、汗を拭くためではなかった。気が進まない食事だった。少しでも遅れて行きたい。それなのに、一方では心の底から、より子や敏也と再会できたことを驚き、喜んでもいる。泣きたくなるほど懐かしがってもいる。自分で自分がつかめない。

若いころは、男出入りが多かった。男と接する機会が多かったからなのか、少しはもてた時期があったということなのか、知美自身もよくわかっていない。気がつくと、男と寝ていた。愚《おろ》かにも、それを恋だと信じたことすらあった。

二十七歳の時、勤めていた大きな呉服店の若旦那に口説き落とされ、隠れてつきあい始めた。顔やからだつきは、あまり好きになれない男だったが、肌がいつも清潔で、首すじに鼻をよせるといいにおいがした。いつまでも鼻をおしつけ甘えていたくなるような、安らいだにおいだった。

男には、小肥りで色白の、性的な感じのする妻と幼い娘がいた。妻はまもなく、夫と知美の仲を疑い始めた。身体の線を強調するような服装で現れては、知美の見ているところで夫に話しかけ、これみよがしに夫の身体にさわったりした。

そのうち、二人目の子供ができた、と打ち明けられ、男との関係は終わった。最後、別れぎわ、男は泣きながら知美を抱きしめてきた。こんなに好きなのに、と言われた。

その言葉にほだされて、知美も泣いた。烈しくなじり、責めたてててもよかったというのに、何故、自分がほろほろと涙など流して相手を受け入れ、許しているのか、わからなかった。

呉服店を辞めてからは、しばらくの間、クラブとも呼べない、スナックに毛の生えたような店で客の相手をしながら働いた。酒くさい男たちとカラオケで古いデュエットソングを歌ったり、狭苦しいフロアーで身体をまさぐられながら踊ったりするのがいやで、まもなくそこも辞めた。

あまり大きくはない広告代理店に、アルバイトとして働き始めるようになったのは三十二になってから。十歳年上の上司に誘われ、頻繁に酒を飲みに行くようになって、まもなく深い関係になった。男のマンションで共に暮らし始めるのに、時間はかからなかった。

男は離婚したばかりで、独り身だったが、これまで知美がかかわった男と何もかもが違っていた。変わり者、と言ってもよかった。

知美の知らない日本画家の名をあげ、その画家が、九十幾つかで死ぬまで、貧しい暮らしに甘んじていたこと、小さな家の、小さな庭にだけ画家の全宇宙があったこと、画家が生涯にわたって飽くことなく描き続けたのは、庭にやってくる蟻や猫、小鳥だけだったことを繰り返し知美に語った。おれの理想はそんな無欲な暮らしなんだ、と言うのが男の口癖だった。

穏やかな物言いをする人間で、暴力的な面はひとつもなかったが、男の精神状態は常に悪かった。鬱《うつ》だと診断されたこともある、と聞いている。

酒があまり飲めない体質だったせいで、薬に頼る生活が長く続いていた。仕事を通じて知り合ったという複数の医師の知人から、それぞれ自己申告の上、薬を処方してもらい、それを好き勝手に飲んでいる様子だった。

何を思ってか、知美の留守中、バイアグラを大量に飲み、帰宅して気づいた知美が慌てて救急車を呼んだこともある。ストレッチャーで運ばれていく、意識を失いかけた男の股間は、かけられた毛布の中でおそろしいほど屹立《きつりつ》していた。

その光景を思い出すたびに、知美は今もなぜか、涙があふれてくる。記憶の深部が震え出し、すべての過去がばらばらに飛び散っていきそうになる。

それはあまりにも哀れで、悲しくて、壮絶なほど馬鹿げた姿だった。知美はその時のことを思い出しては笑う。笑いながら涙を浮かべる。別れて十年、バイアグラを飲んで自殺を図り、滑稽《こっけい》な姿でストレッチャーに横たわっていた姿以外、男のことはほとんど思い出さない。思い出すことといったら、男がいつも口にしていた、「おれの理想」だけだ。

「おれの理想」だった小さな古い家と狭い庭を手に入れた男は、知美を入籍した。二人はマンションからその家に引っ越し、しばらくの間、男は休日ごとに、好きだという画家をまねて、庭先でぼんやり蟻の列を眺めて暮らしていた。スケッチブックを手に、庭の草や飛んでくる蝶をスケッチしていることもあった。

だが、そんな日は長く続かなかった。引っ越して四年後、あまり家に帰らない日が続くと思っていたら、ある晩、男は別れてほしい、と言ってきた。理由を問い詰めたのだが、答えなかった。女ができたからではない、申し訳ないが、これはおれの問題なんだ、と言われた。

それを聞き、知美の中で、いきりたっていたものは不思議なほど急速に鎮《しず》まっていった。おれの問題、と平然と言い放つことのできる神経は、知美とはあまりに別世界のものだった。

知美は冷やかな口調で「この家と土地をください」と言った。

「おれの理想」なんて、どこにもなかったじゃない、あなたの人生は自己満足にすぎなかったのよ、あなたは自分しか見ていなかったのよ、無欲どころか、あなたは自分に向けた欲望のかたまりだったのよ、と言ってやりたかった。バイアグラで自殺を図った時、どんなに滑稽だったか、その滑稽さを詳細に教えてやりたかった。ふつうの人なら、あんなことをしたとしたら、一生、立ち直れなくなるに決まっている、と言い放ちたかった。

だが、知美は黙っていた。そういうことを事細かに口にして、相手を罵倒《ばとう》することには慣れていなかった。手にある感情の群れや、どうにも解決のつかない人間関係に向けた苛立ちは、外に向けず、自分の中に押しとどめておけば、いつかうすれる。消えはしなくても、うすれてくれさえすれば充分なのだ。

冬晴れの空で鳶《とんび》が鳴いていた。この家と土地をください、と知美はもう一度、繰り返した。それだけでいいです、と。

男は何か考えている様子だったが、ややあって深くうなずき、「わかった」と低い声で言った。


「お、来た来た」と、敏也が椅子から立ち上がって手招きしている。

「こっちこっち」隣でより子も同じように手をひらひらさせている。

知美は笑みを浮かべながら、足早に二人に近づいて行った。夕食には少し早い時間帯だった。店内はまだ空いている。雑居ビルの二階。窓はついていたが、ガラスの向こうには隣のビルしか見えない。それを隠そうとしてか、いくつもの観葉植物が窓ぎわに並べられている。早くもガーリックの香りが漂い始めている中、知美は四人掛けのテーブル席についた。正面により子と敏也が座り、にこにこしながら知美を見ている。

「ほんとに」とより子がしんみりした口調で言った。「何度言っても言い足りないくらい、今日は嬉しい。知美さんとこうやって会えるなんて」

「時間はたっぷりあるんだから、まずはオーダーしようよ」と敏也が言った。油じみて汚れの浮いた厚手のメニューを開き、知美に手渡した。「今日は僕の奢《おご》り。なんでも好きなものをどうぞ。知美さん、飲めるんでしょう？」

「ええ。そんなにたくさんはだめだけど」

「じゃあ、まずビールにしようか。それともワインがいい？」

ビール、と知美は微笑した。ビールね、とより子が大きくうなずき、

「暑い時はやっぱり冷たいビールよね」と言った。背筋をぴんと伸ばし、半身を少しひねり、厨房《ちゅうぼう》付近に向かって手をあげた。やって来た年若いギャルソンに、より子は「生ビールの〝中〟を三つ、お願いします」と言った。愛らしい言い方だった。

前菜も頼もうか、と知美に相談しながら、より子はその場でてきぱきと生ハムのサラダ、ルッコラとトマトのカッテージチーズ添えを注文した。

「食事の前に野菜を食べておくといいんですって」とより子は言っ

た。「知美さん、知ってるでしょ？」

「うん、知ってる。先に野菜、次にお肉や魚なんかのタンパク質、最後に炭水化物を少なめに食べればいいのよね。糖の吸収がおさえられて、太りにくくなるって」

「え？　そうなの？」と敏也がまぜっかえした。「僕はやっぱり、最初にごはんや麺類をかきこみたいな。野菜はあと。最後でいい」

「敏也ったら。何度も私、教えたじゃない。そういうこと続けてると糖尿になるんだ、って。絶対なるよ」

「なってもいいよ。腹減ってるのに、サラダから先に食え、って言われたら生きてる楽しみがないよ。まるでウサギじゃん。男はまず、飯。肉。ちまちま、草なんか食べないって」

「まったくもう！」

より子が敏也を睨《にら》みつけた。敏也が笑い、より子も吹き出した。知美も笑った。

生ビールが三つ運ばれてきて、三人はジョッキを掲げ、乾杯した。敏也が種類の異なるピッツアを二枚と、魚介類のパスタ、にんにくと赤とうがらしのパスタを注文した。そんなに食べきれるかしら、とより子が言うと、敏也は知美に軽くウインクし、「瘦《や》せの大食いほど、こういうことを言うんだよね」と言った。

ひとりでホームを探し、引っ越しも片づけも全部自分でやった、という敏也の母親、春恵について、より子は「本当に尊敬できる女の人で、到底、かなわないの」と言った。「どこも悪くはないのよ。杖があれば歩けるし、どこにでも行けるし。頭だってあんなにしっかりしてるし。でも、必ずそのうち、私たちに迷惑をかけることになるのはわかってるから、って。早いほうがいいから、って。それですごく楽しそうにホームを探してきて、楽しそうに引っ越して。引き止めてもだめだったの。そうさせてちょうだい、そのほうが嬉しいの、って、その一点張り」

「素敵なおかあさんね。うちのホームでも、いらした時からすぐに、人気者になったのよ。おじいちゃまたちが、早速目をつけたみたい」

「すごいじゃない」とより子は敏也に向かって笑いかけた。「おかあさん、モテモテ。今も男の人が追いかけてくるんだわ」

「あんなばあさんに？」

「ただのおばあさんなんかじゃないわよ。幾つになっても、素敵な女性は男の人がほっとかないものよ」

自分の理想は義母であること、義父が七年前に他界してからずっと、義母を間近に見てきて、義母のように老いていきたいと思ったこと、自分たちは今、長男夫婦と同じ敷地内に暮らしていること、もうすぐ初孫が生まれることなどを手短に語り終えると、より子は手にしていたフォークを皿に置き、改まったように控えめな質問をし始めた。

「知美さん、ご家族はいるんでしょう？　お子さんは？」

知美は笑みを浮かべたまま、首を横に振った。「いないの。それに今は独り者よ。結婚してたんだけど、別れちゃって。十年前かな。子供は作らなかった。結婚生活も短かったし。別れた夫には家と土地だけ残してもらってね、今住んでるのはそこなの。離婚した直後はぼんやりして、何もしないで暮らしてたんだけど、そういうわけにもいかないでしょう？　一応、資格をとってあったものだから、介護職につこうと思って。あのホームができたのは九年くらい前で、その翌年に職員募集の案内があるのを知って、それで……。どこも介護の世界は人手不足じゃない。だから、すぐに採用してもらえたんだ」

そうだったの、とより子は包みこむようなまなざしで知美を見つめた。どこをどう探しても、そこに憐《あわ》れみの色は見えてこなかった。偽善者ぶった表情もにじんでいなかった。より子は真剣そのものだった。

「大変だったのね。でもえらいね、知美さん。よくがんばったね。今のお仕事、かけがえのないお仕事よ。ほんとにほんとに、すばらしいね」

その昔、よく耳にした声、ちっとも変わらぬ言い方だった。より子に悪意や、心にもないお世辞、計算があったためしがない。

より子はいつだって善意でものを見つめ、信じ、まっすぐ生きていくことのできる人間だった。その、一点の曇りもない善意が、知美はかつて息苦しかった。聖母マリアは伝説や神話の中の理想に過ぎず、それを実人生の中でやってのける女は、どこか信用ならなかった。

だが、より子は信じられないことに、本当にそういう人間なのだった。このまま年を重ね、老いながらも、幸福で穏やかな人生を誰よりも確かに全《まっと》うするより子が、目に見えるようだった。

潔癖さ、寛容さ、感受性、慈愛の精神、素直さ……それらが余すところなく集まって、より子という人間を作っている。真摯でまっすぐで、情は深いが、決して人の道から外れない。

そんなより子を今も深く愛し続けているであろう敏也もまた、より子に寄り添いながら、漣《さざなみ》ひとつ立たない穏やかな一生を終えるに違いなかった。ここにいるのは、稀《まれ》にみる深い信頼と確かな情愛で結びついている夫婦であった。

それは思いがけず、知美をしんと静かな気持ちにさせた。それは甘美な静けさと言ってよかった。めったに手に入れることのできない本物の安らぎ、透明で穢れのない人間の本質を見ているような気もした。

気がつくと、視界がうるんでいた。より子たちに気づかれやしなかったろうか、と慌てた。

知美は目をふせて瞬《まばた》きし、頃合いよく運ばれてきた魚介類のパスタに視線を移すなり、「おいしそう」とはしゃいだ声をあげた。

その晩、遅くなってから急に風雨が強まった。まだ、キセキレイの雛たちが巣にいるというのに、台風は情け容赦なく、近づいているのだった。

直撃はされず、勢力もかなり弱まったと伝えられていたが、それでも風にあおられるようにして降る横なぐりの雨を見ていると、知美は不安になった。何度も何度も、庭に向かう窓辺に立ち、ガラス越しに懐中電灯で巣を照らしてみた。

どういうわけか、いつもはつきっきりで雛を守っている親鳥の姿がない。巣の中では四羽のまるまると太った雛が身を寄せ合い、顔を内側に向けて雨をしのいでいる。

巣立とうとした時に、嵐が近づいたせいだろうか、と思ったが、どのみち、このまま雨風の強まる中、雛たちは親のいない無防備な巣の中で、夜を過ごさねばならないようだった。

親が何かの理由があって、育児を放棄したのか、とも考えた。だが、すぐに、春恵が言った「野生の動物はどんなに小さくても、ちゃんと生きていく。それが本能だから」という言葉を思い出した。そうなってくれるに違いなかった。

より子夫妻と駅前で別れ、より子たちとは反対方向の電車に乗ったのは九時過ぎ。家に就くころにはもう、雨が強まっていた。

テレビの天気予報を何度も観た。このあたり一帯に大雨警報が出されている、という情報は変わらない。台風の進路にも格別の変化はなかった。

懐中電灯の光の中に浮かびあがる雛たちの、背中の羽毛が濡れている。大丈夫だろうか。濡れて身体が冷えて、死んでしまうのではないだろうか。吹きつけてくる風で、巣ごと地面に振り落とされてしまうのではないか。

いや大丈夫。絶対、そうはならない、と知美は自分に言い聞かせる。大風が吹いても、豪雨に見舞われても安全な場所を選んで、巣は作られているはずだった。なにより雛は、充分、大きく育っているのだから、羽の撥水機能も親と変わらなくなっているに違いない。雨など弾き返してしまうに決まっている。

……そんなふうにあれこれ考え、いったんは納得するくせに、少したつと、また不安が頭をもたげてくる。

いっそイチイの木に、ビニールシートでもかけてやろうか。それとも傘をさしかけるか。

だが、そんなことをしたら、雛を怖がらせるだけだろう。それどころか、朝になって親鳥がやって来た時、イチイの木がビニールシートや傘などで被われていたら、驚くあまり、巣に近づかなくなるかもしれない。そうなれば、雛たちは巣立ちを前に、見捨てられてしまうのだ。

翌日が休みで、仕事に出なくていいことだけが幸いだった。外が気になって眠れないまま、知美はベッドの中でより子のこと、敏也のこと、高校時代のこと、今日あった出来事のすべてを脈絡なく思い出し、また、外の雛たちのことに想いをはせた。

雨が屋根を叩き、窓を叩く音がした。ごう、という烈しい音と共に、外の木々が揺れる気配があった。

暗闇の中でまんじりともできずにいると、ろくなことを考えない。昔のこと、思い出しても詮ないことばかりが甦《よみがえ》る。通りすぎてきた時間、折々の記憶が、いいことも悪いことも容赦なく、不吉なフラッシュバックのようになって次から次へと際限なく襲ってくる。

朝起きたら、イチイの木から巣が地面に落ちていて、親とよく似た姿にまで成長した四羽の雛が、泥にまみれて転がっているかもしれない。そんな悪いことばかりが頭をよぎる。

眠れない夜には、近所の内科医に処方してもらった睡眠薬を飲むことにしていた。だが、翌朝、薬のせいで目が覚めるのが遅くなってしまったら、雛の様子が確認できなくなる。そう考えて飲むのをやめた。

野生の生き物は強いのよ、と言う佐藤春恵の声が頭の中にこだました。大丈夫、絶対に大丈夫、と春恵が言ったかと思うと、次により子の声が甦る。えらいね、知美さん。よくがんばったね。すばらしいね。そう言って、目を細めてうなずいているより子の顔が浮かんでくる。

近いうちにまた、春恵を訪ねて来るより子と会うだろう。春恵があのホームにいる限り、より子はそうやって頻々と訪ねて来るだろう。そのたびに顔を合わせ、時には誘い合って外で会い、コーヒーを前に、昔話に興じるだろう。そうこうするうちに、会わずにいた間の互いのこれまでの人生を、ぽつぽつと語り合うことになるのかもしれない。

風が木々を揺さぶっている。雨音は相変わらず烈しい。キセキレイの雛たちはどうしているのか。何故、こんな嵐の晩だというのに、親が巣を守っていないのか。巣立ち間近になると、親はわざと子を放っておくのか。それが野生の習性なのか。

不安を押し殺しているうちに、昼間の疲れが押し寄せた。知美はいつしか深い眠りに落ちていた。

どれほど時間がたったのかわからない。ふと目がさめた。耳をすませると、雨の音も風の音もしなくなっていた。代わりにかすかに鳥の声が聞こえる。チッ、チッ、という、聞きなれたキセキレイの親の声である。

カーテンの向こうが明るくなっている。太陽が出ている様子はないが、もう充分に夜は明けている。サイドテーブルの上の置き時計を見ると、九時二十分になっていた。

こんなに眠ってしまうつもりはなかった。薬も飲まずに寝たというのに、どうかしている。

知美はベッドから飛び起きるなり、窓のカーテンを開け放った。雨も風もやんでいる。風雨で荒らされた小さな庭に、無数の木の葉や小枝が散らかっているのが見える。空はまだ雲に被われているが、ところどころ青が透けて見えるまでになっている。

寝室に使っている二階の六畳間を出て、階段を駆け下りた。古くなったサッシ戸のカーテンを開け、鍵を外した。嵐が過ぎ去ったばかりの夏の朝のにおいが、室内になだれこんできた。

台風は足早に去ったようだった。雲間からうすい光が射し始めた。光は湿った空気の中に、一条の美しい筋を作った。

窓越しに、イチイの木をおそるおそる見た。祈る想いだった。

巣は空になっていた、木のまわりの地面にも目を走らせた。雛の死《し》骸《がい》はひとつもなかった。それどころか、あれほどすさまじい嵐だったというのに、巣はびくともせずにそこにあった。

どこからか、キセキレイの親の声が聞こえてくる。姿は見えないが、無事に巣立った雛たちが、近くにいるようである。自力で飛び、自力で餌をとることができるようになるまで、親が見守っているのである。

ほっとするあまり、知美は全身の力が抜けていくのを覚えた。雨風が弱まった早朝、雛たちは親に誘導されて、一斉に巣立ったようだった。

知美は開けた窓に網戸をたて、洗面所に向かった。ゆっくり時間をかけて歯を磨き、洗顔し、化粧水と乳液をつけた。髪をとかし、自宅にいる時にいつも着ている、灰色のスウェットの上下に着替えた。

湯をわかしてコーヒーをいれ、食パンを焼き、フライパンでスクランブルエッグを作った。プチトマトときゅうり、千切ったレタスのサラダを添え、皿に盛った。

賞味期限が切れかかっている市販のヨーグルトに、バナナを半分とキウイを半分。それらをまとめてトレイに載せ、居間に運んだ。

食べている間に、庭にはみるみる夏の光が射してきた。キセキレイの声が間遠になっていく。巣からはもう、ちぃちぃと鳴く雛の声は聞こえてこない。

生き物がいなくなった庭に、嵐の後の凪《な》いだ光が満ちている。庭にはもう何もいない。自分だけ取り残されてしまったような、妙なさびしさがあるが、それはどこか、しみじみとした喜ばしさにも似ている。

食事を終え、二杯目のコーヒーをゆっくり飲みほしてから、知美は思い立って庭に出てみた。

イチイの木に近づき、空になった巣の上に手をかざした。気のせいか、まだ少し生温かく感じる。

顔を近づけ、巣をのぞいた。そこには一片の羽毛すら残されていなかった。においを嗅いだ。湿った小枝や苔のにおいの他には、生き物がいた痕跡は嗅ぎとれなかった。

知美はふいに奇妙なまぼろしに包まれた。

自分が雛になって、巣の中にいる。見上げると、生い茂ったイチイの木の青々と尖った葉の向こうに、空が見える。小さな小さな、快適このうえない空間である。

まわりにはみっしりと、兄弟たちがいる。熱いほどのぬくもりが感じられる。今にもそこに、親鳥が青虫をくわえて飛んで来るのが見えるような気がする。

ちぃちぃ、と知美は小さく声に出して言ってみた。その幸福、その安堵、生きているしるし。

鼻の奥が熱くなった。折り重なった葉の向こうから、光がやわらかく顔を照らしてくる。

目を閉じると、光の束がまぶたの裏でオレンジ色に明滅した。

解説——人間を肯定する

小川洋子

満員電車に乗っている時、ふと、奇妙な気分に陥ることがある。この人もあの人も、どうして平気な顔をして吊革につかまったり、スマホをいじったりできるのか。きっと中には、恋人に別れを切り出された人、資金繰《ぐ》りに行き詰まって八方ふさがりの人、帰る家のない人、さまざまいるはずだ。ついさっき余命を宣告されたばかりの人だっているかもしれない。そして誰もが、死ぬまで口にできない秘密を一つや二つ隠し持っているだろう。にもかかわらず、皆、何事もない様子で電車に乗っている。

その当たり前の情景が、不思議でたまらなくなる。人間の底知れない苦悩が、両手で抱えられるほどの脳みその中に、全部収まっているとは、とても信じられない思いにとらわれる。

本書は、偶然同じ電車に乗り合わせたような、ごく平凡な人々の心に潜《ひそ》む、どうしても折り合いのつかない、当人にも正体がつかめない記憶をすくい上げ、物語の形にしてこの世に刻み込んだ作品群だ。なかったことにできれば、といくら願っても叶わない根深さと、当人が死んでしまったら永遠に失われるだろう儚《はかな》さの、両方を併せ持った記憶たちは、時に荒々しい生臭さを発し、時に切ないほどの疼《うず》きをはらんでいる。それらを作者は始終、冷静に観察する。

しかしまなざしの奥には、人間という生きものを全肯定する優しさがにじみ出ている。その証拠に、登場人物たちの犯した過《あやま》ちが愚かであればあるほど、いっそうそれは彼らの人生に意味深い印を残すものとして、こちらに伝わってくる。その印こそが、与えられた人生を生きるより他にない人間たちの、存在の証となっているのだ。

例えば「つづれ織り」に出てくる、子ども二人を洋裁の内職で育てる三十五歳の母親。昭和三十年代、まだシングルマザーなどという言葉もない時代に、つましい借家で彼女は懸命にミシンを踏み、惜しみない愛情を子どもたちに注ぐ。特に、病弱な娘の〝わたし〟を看病する場面は印象深い。高価な葛粉《くずこ》の代わりに片栗粉をお湯でとき、砂糖をまぶした病人食の、柔らかさや温かさ、碗の縁に触れるスプーンのカチリという音までもが、こちらに伝わってくる。

そんな母と娘の平和な記憶の中に、何の前触れもなく、小石が投げ込まれる。

〝……猫のお母さんがねずみの子供に子守歌を歌ってやったらどうなると思う？〟

母は娘に質問する。

もしかしたらそれは、ただのエピソードの一つに過ぎないのかもしれない。現にその一文は、ほうじ茶や缶詰の桃や絵本の思い出の中にごく自然に馴染《なじ》み、何の特別扱いも受けていない。あるいは作者自身、小石を投げたつもりなどないのか。いずれにしても私は、そこに不穏なさざ波を感じ取り、思わず立ち止まってしまった。小池さんの小説にはしばしば、さり気ない様子をしていながら実は奥深い真理を突く、魔法のような一文が隠されている。

私の予感の正しさを証明するかのように、母はその後、生涯、自分の胸の内だけに留めておくべき秘密を、背負うことになる。利発な娘は秘密の正体に感づいているが、無言を貫く。作者もまた、母子と同じく、深い穴の暗がりの縁にたたずむばかりで、余計な手出しはしない。ただ母の体から、土や草や木々の湿った匂いを漂わせるだけだ。その残り香が、誰も彼女の行いを裁けない、という事実を告げている。

「落花生を食べる女」の孝太が、誰にも明かさないと自ら決心した秘密は、「つづれ織り」に比べれば、どこかしら甘酸っぱさを含んでいる。父の愛人、あかりに惹《ひ》かれつつ、少年から大人へと成長した孝太は、彼女との関わりを通し、法律でも道徳でも理性でも割り切れない愛の複雑さに触れる。ラスト、二人が身体を寄せ合う場面には、これで何かが解決するわけではないと分かっていながら、そうせざるを得ない彼らの哀しみが満ちている。更にこのあと二人がどうなるのか。ここで冒頭の、あかりが落花生を食べる場面に戻ると、改めて彼女のなまめかしさに目を奪われる。孝太が背負うべき本当の秘密は、ラストシーンの先に待っているのではないか、との思いに襲われ、息をのむしかない。

前世からのつながりを感じるほどの男に出会いながら、結局、彼の最期に寄り添う務めを果たさなければならなかった美貴。二十二年もの間、自ら築き上げた世界に執着し、そこに閉じこもり、究極の幸福に浸《ひた》っている苑子。生きているものの中で、人間だけが嫌いなんだ、と言い放つ小鳥狂の日出夫……。魅力的な登場人物は数多いが、やはり表題作「千日のマリア」の秀平と、義母美千代の存在が忘れがたい。

私にとって、二人に起こった出来事自体のいびつさよりも、そこに行き着いてしまった、秀平が抱える欠落感の凄みの方がショックだった。当然与えられるべきものを、与えられなかった子供が落とされる、沼の深さの前で、ただ茫然とするばかりだ。

取り返しはもうつかない。美千代にもきっと分かっていただろう。しかし、底なし沼の暗闇でもがく秀平を目の前にした時、手遅れだと見捨てることができなかった。

〝美千代は秀平に何も求めず、秀平が求めるものだけを与えようとした〟

つまり彼女は、母親の務めを果たしたのだ。お腹が空《す》いて泣く赤子に、乳を含ませた。手を差し伸べなければ命をつなげないか弱い存在に、自分の持っているものを与えた。ただそれだけのことだ。

棺《ひつぎ》に横たわる美千代の顔は、与えられた役目をやり終えた者だけに許される、安らかさにあふれていただろう。秀平に巣くう底なし沼が埋まることはないが、それを覗《のぞ》く時、暗闇に映る美千代の瞳が彼を見つめ返すはずだ。「千日のマリア」というタイトルの意味が腑に落ちた時、もし同じ立場なら、自分も彼女と同じ行為をしただろうかと、つい自問していた。

登場人物たちが引き受けざるをえなかった運命はどれも、一筋縄ではいかないものばかりだが、本書の底流には不思議と清冽《せいれつ》な空気が流れている。小池さんが常に、人間の生と死を、自然の循環の中に見ているからだろうと思う。

「過ぎし者の標《しるべ》」で、銃声を耳にした美貴を見守ったのは、赤いラズベリーソースで毛を汚した、〝とてつもなく小さな生きもの〟である捨て猫だった。「常夜」の修子は、元夫が最期を迎えた町の駅のホームで、〝わななくように光る星々〟を見上げながら、自分が世界とつながっているのを感じ取る。あるいは、「テンと月」、「凪《なぎ》の光」の、ままならない人生を振り返る語り手たちは、野生動物の姿に、永遠に巡り続ける自然の偉大さを見出す。彼らが犯した取り返しのつかない過ちも、今の孤独も、やがて訪れる死も、すべてがその偉大なものに抱き留められている。

本書を閉じる時、ひととき同じ車両に乗り合わせた、見ず知らずの誰かの人生に触れ、無言のまま、電車を降りたかのような、そんな気がした。到底言葉など届きもしない深淵を、一瞬、共有したのだ。その深淵は、極限のところで人間を肯定する作家にしか導けない場所にある。

遠ざかる電車を見送りながら私は、懸命に生きる人間という生きものが、いとおしくてたまらない気持ちになっていた。

本書は、株式会社講談社のご厚意により、講談社文庫『千日のマリア』を底本としました。但し、頁数の都合により、上巻・下巻の二分冊といたしました。

千日のマリア　下
(大活字本シリーズ)

2021年5月20日発行 (限定部数700部)
底　本　講談社文庫『千日のマリア』
定　価　(本体2,900円+税)
著　者　小池真理子
発行者　並木　則康
発行所　社会福祉法人 埼玉福祉会
埼玉県新座市堀ノ内3—7—31　〒352—0023
電話　048—481—2181
振替　00160—3—24404
印刷製本所　社会福祉法人 埼玉福祉会 印刷事業部

ISBN 978-4-86596-416-5